I was able to create
the strongest skill in another world,
so I decided to be a matchless warrior. 2
I'm the only one who manipulates my status

「準備はできたか？
まずは小手調べだ」
エンツォ

「コイツ……やる気だ」
タクミ

ミア
「クーちゃん。すごいよ！」
「あっちから魔物が来るでありんすよ」
クズハ
ミムラ
「どうしましたかタクミさん？顔色悪いですよ」

異世界で最強のスキルを生み出せたので、ひたすら無双することにしました。2

～俺だけがステータスを勝手に操作～

ヒゲ抜き地蔵

illust 山椒魚

デザイン　松浦リョウスケ（ムシカゴグラフィクス）
イラスト　山椒魚

CONTENTS

I was able to create the strongest skill in another world,
so I decided to be a matchless warrior. 2

I'm the only one who manipulates my status

プロローグ

　ある地下洞窟のダンジョンに六人のエルフがいた。先頭を歩く、軽装ながらも気品漂う女の後を、不満げな顔をした軍服姿の五人の男達が歩いていた。

「――アリエル様、まだですか？　いい加減にしてください。今回の件は、しっかりと報告させてもらいます！」

「ええ、わかっているけど、もう少し、あともう少しで見つかりそうなの」

　これで何回目のやり取りでしょうか。このぐらいの時間すら我慢できないとか、さすが私が見込んだだけのことはありますね。

「古代遺跡の調査と言うから期待したのに、まさか魔族領まで来るとかありえんぞ」

「エラソー中隊長、それを自業自得って言うんですよ。どうせ見つけたアーティファクトを着服……いや、自部隊に実装しようとしてたんでしょ？」

「はぁ……お前達は呑気《のんき》でいいよな。俺は部下の訓練を放棄させられてまで、この調査に参加してるんだ。俺の訓練を待っている部下のことを考えると、一刻も早く戻らねばならんというのに」

「ヌフフフフ。スパール中隊長の行う訓練《いじめ》の苛烈さは、他部隊でも噂になっていますよ」

「ふんっ。あのぐらいで音を上げるとか、俺からするとただの甘えだ。いざ実戦になってみろ。俺の教えに感謝することになるだろう。グヒャハハハ」

「そういえば、今回選ばれた我々は、アリエル様が自ら選んだそうだ。たかが調査のメンバーとしては豪華すぎると思ったのであろう。長老から反対されたが、なんとかお願いを通したらしい」

「そのエルフ族を代表する我ら五人の中隊長が集まって、アーティファクトの一つも見つけられなかったとしたら……さすがに恰好《かっこう》がつきませんな」

「気にすることはあるまい。我らの役目は、あの小娘の御守だ。調査の結果なんぞ知ったことではない。逆に、このような魔族領の奥地まで来たのだ。それこそ戦士としての評価は上がるだろう。グヒャハハハ」

ふぅ……部屋の外で話しているとはいえ、ハッキリ聞こえているんですよね。せめてもう少し小声で話してもらえないかしら。

ここに来るまでの戦闘も、全て私が行ったというのに。それをどう解釈したら、自分達の功績になるのやら。まあ、ここまで期待通りのクズさだと、むしろ罠かと疑ってしまいます。

――しばらくすると探索している部屋の外から、ガヤガヤとした喧騒が聞こえてきます。

あっ、やっと来たようね。予想より遅い。もしかして、雑魚が引っかかったんじゃないですよね？

私がそんな心配をしていると、エラソー中隊長が、慌てて部屋に飛び込んできました。

「あ……アリエル様、魔物の群れが近づいてきます。急いでここから脱出しましょう！」

急《せ》き立てられ建物の外に出ると、顔を青くした中隊長達がやって来て私を囲んだ。

「獣型の魔物の群れです！　今までと同じ陣形で戦いたいと思います。さあアリエル様、急いでください」

彼らは、我先にと私の後ろへ回り込む。

「皆さん、何をしているんですか？　さあ出番ですよ。しっかり退治してくださいね」

五人の中隊長は言っている意味が理解できなかったのか、間の抜けた顔で固まってしまいました。

――彼らがそんなやり取りをしている間に、群れの奥から一匹の人狼《ワーウルフ》が現れて咆哮を上げた。

周囲に恐怖を伝播させた後、人狼はたどたどしい言葉で話しかけてきた。

「オイ……ココデ……ナニシテル？」

「い、い、い、い、今、魔物がしゃべったぞ」

「バ、バカな……しゃべる魔物ってことは、え、え、え、Sランク以上の魔物だ！」

中隊長達は、恐怖で顔色が青から白に変化する。

ふっふふふ。なかなか手頃なのが引っかかりましたね。

「見るからにSランクの魔物のようです。しかし、恐るるに足らず！　エルフ族が誇る皆さんの実力をぞんぶんに発揮してください！」

発破をかけた私に、彼らは戸惑いの表情を見せながら聞き返してきます。

「アリエル様。な、何をおっしゃっているのですか⁉」

「そ、そうですよ。我々がいくらエルフ族を代表する戦士だとしても、この禁断の地にいる魔物が相手では無理……少々苦戦してしまうかと……」

「え？　皆さん、私の護衛ですよね？　もしかして、呑気に旅行気分でついてきました？　さあ、ここからは皆さんの役職に見合った働きを期待しています」

――戦闘による不慮の事故なら、護衛《監視》が私の側からいなくなっても、あの人達は文句を言えないはず。むしろ、エルフ族から腐臭漂うゴミを捨ててあげるんだから、感謝してほしいぐらいですよね。

「さぁ、お掃除タイムといきましょう！」

第1話　魔王

——魔都ゾフ。

俺、ミア、カルラ、ゲイルの四人は、アーサー達と別れた翌日の昼には、魔族にとって唯一の都ゾフに着いた。

地理的には、この大陸を時計に見立てて、一二時から二時まで辺りが魔族領になる。

魔族は他種族と違い、基本的に五〇人規模の村を作って暮らしている。

ただし例外がある。それがこの魔都ゾフだ。

カルラの話だと、ここには一万人ぐらいの魔族が暮らしているらしい。他種族との交流を断っているだけあって、瞳の色が赤いことが特徴である魔族の姿しか見かけなかった。

街の規模は、人族の王都メルキドと比べると遙かに小さいが、魔道具の数はこちらの方が多く目にする。

ゲイルに見せてもらった魔族の魔道具を作る技術力を考えると、大掛かりな魔道具もいたるところで見られるかと期待したが、そちらは全然見かけない。もしかすると、初代魔王が魔物を創ってしまった反省から、技術力が発達しすぎないよう自重しているのかもしれない。

けど、そんな配慮もドワーフ族との交流が始まると、無駄になるんだろうな。

ドワーフ族の物作りにかけるパワーはすごい。それに引きずられて魔族の技術力が発展するのは止められないだろう。

まあ、暴走して危険な魔道具を創り出さないよう、カルラには頑張ってもらおう。


俺達はドラゴンを降りてから、カルラの父である魔王の住む屋敷へと向かっている。

その途中、通りすがりの魔族はまずカルラとゲイルを見て安堵《あんど》し、俺とミアに対しては憎悪のこもった眼差しを向けてきた。

どうやら、カルラが攫《さら》われて人族の手によって処刑されそうになったことは、この街中に広まっているらしい。

「……タクミ、ミア。ごめんなさい。助けてくれた恩人に対して、こんな対応になってしまって。今すぐには難しいけど、必ずみんなへの誤解は解くわ。だから――」

「大丈夫ですよ。わたしとタクミは、気にしてないから。カルラさんとゲイルさんが親しく接してくれるから、周りから石を投げられることもないし。むしろ感謝しています」

ミアさん、その言い方だと感謝してると見せかけて、ディスってるからね。

「あっ、そうだ。わたし達に対する誤解が解けたら、服とか見てみたい。魔族の服とかすごく興味があるの！」

「ああ、俺も魔道具のお店があれば見てみたい！　魔道具のほうは俺とゲイルで行くから、服はミアとカルラで行くといいよ。うん。絶対にその方がいいな！」

「ああ、そういうこと……。タクミって、自分が興味あること以外は、面倒くさがり屋だもんね。わたしと服を見に行くのが面倒なんでしょ？」

「いやいや、ミアよ。そんなことはあるまい。女性から買い物に誘われるということは、男冥利につきることだ。それにミアからの誘いだ。タクミだって嬉しいだろ？」

「え、あっ……いや、まあ……」

「ゲイルさん、タクミのことを勘違いしています。この人、前にメルキドで服を一緒に買いに行く約束していたのに、やっぱり一人で行けだの、声をかけてきた知らない人達に連れて行ってもらえとか平気で言うんですよ」

お、おい。ミア、なんてことを言い出すんだ。あのときは眠かったというか、なんというか。

あっ、カルラとゲイルが生ゴミでも見るかのような目で俺を見てるし……。

——そんな雑談を交わしながら街中を歩いていると、遠くからゾロゾロと若者の集団が近づいて来る。不穏な匂いを感じたので周囲を見渡してみると、背後からも同じような集団が近づいて来た。

嫌な予感しかしない。どういうことかと説明を求めるよう、ゲイルに目線を送る。

するとゲイルは深いため息をついた後、前から歩いてくる集団のリーダーらしき男に話しかけた。

「ミランよ。なんの真似だ？　カルラ様の前とわかってのことだろうな？」

「ゲ、ゲイル様。その人族を我らに渡してください」

「何を言いたいのか予想はつくわ。ですが、それは許しません。この人族の戦士達は、魔族のために戦ってくれた恩人です」

ゲイルに代わり、カルラが答えた。しかし、王女の言葉も彼らには届かない。

「そんなことは、見ていれば何となく察しはつきます。けど、殺された我らの仲間だって、何も悪いことはしていない。魔族というだけで人族に殺されたようなものです！」

な、なんだ、この居た堪れない空気は。

ミアの様子を見てみると、何か思うところがあるのか、しゅんと小さくなっていた。

なんでそんな縮こまっているんだ？

……あっ、そういうことか。俺は自分を人族だと自覚していないことに気づいた。

正直言うと、人族としての帰属意識や仲間意識は全然ないな。そういう意味なら、余程ドワーフ族に対する帰属意識のほうが強い。

そんなことを考えていると、ミランと呼ばれた男が突然俺に向かって指を差した。

「そこのお前！　なぜ、まったく態度を変えんのだ!?　お前達が我らにしたことを理解していないのか？」

その瞬間、周りの視線が俺に集中した。

ミアまで、人格を疑うような目で俺を見ている。

いやいや、そこは私だけは理解してるからねって顔をするところだろ！

「ゲイル様、人族とはこういうヤツらなのです！」

その言葉に呼応するように、周囲の連中からも罵声が飛ぶ。

「そうだ！　そうだ！」

「おい、ろくでなしの人族！　どの面下げてここにいる！」

「さっさとこの地から去れ！」

これって収束できるのか？　そう思ったとき、ミアの頭の近くで八角形のバリアが発動した。

そして弾かれた拳大の石が、コマ送りのようにゆっくりと地面に落ちていく——


——また、俺の仲間《ミア》に手を出すのか？


「タ、タクミよ！　そんな殺気を纏《まと》って何をする気だ⁉」

……ゲイル。そこは俺に向かって「何をする気だ？」じゃなくて、あいつらを注意するところだろ。

ゲイルの話だと、魔族は子供の頃から戦闘訓練によるレベル上げが義務化されているらしい。

そんな英才教育の甲斐もあってか、なかなか強そうなヤツらだ。

魔族領だから、仲間の国だと思って油断していた。

俺はバカか？

また、俺の油断によって仲間が殺されるのか？

何度繰り返せばわかるんだ。

いい加減に理解しろよ。


——大切なものを守るには、ヤラれる前に殺《さ》ヤル《殺す》ということを。

俺は外套の下で光刃《ライトセーバー》を握る。そして集団に向かって歩き出そうとしたとき、ミアが目前に立ちはだかった。

そして、「えーい！」と俺の頭にチョップを放つ。

まさかのミアからの攻撃。心の壁バリアは発動せず、レベル二八のミアのチョップをモロに受けてしまった。

「ぐはっ……いっ、痛ぇぇぇ！　いきなり、何をするんだよ！」

「『何をするんだよ』は、タクミの方でしょ！　石投げられたぐらいで、暴走しようとしてるんじゃないわよ！」

くっ、俺がキレるより先にガチギレされてしまった。

「タクミ。わたし達は、ドワーフ族の大使なの。ここで事を起こせばどうなる？　下手すると種族間の戦争になるかもしれない。それ、わかっているんでしょうね？」

……確かに、今までとは違い俺達だけの問題では済まない。

「けど――」

「大丈夫よ。わたしも同じ。あのときのことを思い出したんでしょ。だから、見《バ》えな《レ》いところでやればいいのよ」


「「「えっ？」」」


その発言に、俺やゲイルとカルラだけじゃなく、ミランも驚いている。

「ミ、ミア。何を言ってるのよ。見えないところでも、死闘はダメに決まってるでしょ！」

「カルラさん。この場はなんとか収まったとしても、わたしとタクミは、この後いつ襲われるかわかりません。それこそ、見えないところで。それを止めるとしたら、わたし達に対してではなく、カルラさんの責任であちら《魔族》の皆さんを止めるべきだと思いますよ」

「き、貴様。我ら相手に勝てると思っているのか！　この人数――」

男の発言を、ゲイルが手で制する。

「ミランよ、やめておけ。お前達のような訓練生が束になってかかっても、この男に傷一つ付けられん。今、ここで話し合われているのは、どうやってお前達を守るかについてだ。これ以上、カルラ様を困らせるな」

「ま、まさか……本当にそれほどの実力が……？」

ゲイルとカルラは真剣な表情で頷く。

コイツもやっと現状が理解できたらしい。

俺はミランの耳元でささやく。

「一度目は、カルラとドワーフ大使という肩書きに免じて我慢してやる。二度目はないからな」

言っている意味が理解できたのか、男は慌てて集団に戻っていった。

ふぅ……なんとかなったみたいだな。ミアに感謝しないと。

「タクミ、ミア。本当にごめんなさい。私の力不足でこんな事態を招いてしまって……。王女として失格だわ」

カルラは悲痛な表情を浮かべ、俺達に頭を下げる。それを見たゲイルは怒気を含んだ視線を集団に向けていた。……あいつら終わったな。

「カ、カルラ。まあ、そんなに気にするなよ。それよりも、隠れて俺達を襲おうとするヤツらはゼロにはならないと思うんだ。何か良い手はないかな？」

引き上げていくアイツらの中の何人かは、いまだ敵意のこもった目で俺達を見ていた。

まいったな。何か手を打っておかないと、本当に襲ってきそうだ。

「……つまるところ俺達の力量がわかれば、簡単に手を出せなくなるんだよな？　それなら俺が魔物と戦うところを見せるっていうのはどうだ」

「おおっ、それはいいアイデアだ。我らだと意味はないが、人族であればそれで力量を示せる。だけど良いのかタクミ？」

「ああ。今後もずっと襲撃を警戒することを考えれば、魔物と戦うぐらいわけないさ」

◇

——とある執務室に二人の男がいた。

「人族最強の『剣聖』が放った攻撃をすべて防ぎ、ドワーフ族ですら神と崇める知識と技術を持つ、そして種族差別することなく仲間のためなら命も投げ出す。なかなかおもしろそうなヤツらだな」

「はい。それらがすべて本当であればの話ですが……」

「実際に見てどうだった？」

「それが、戦闘が始まる前に双方が矛を収めたため、判断材料が得られませんでした。しかしこの後、闘技場にて異世界人は魔物と戦うとのことです」

「ほほう……お披露目ってことか。なかなか悪くない手だ。セバス、ゾフにいる暇人《ひまじん》どもを闘技場に召集しろ。集客ぐらいは手伝ってやれ。……あと数人を観戦者に忍び込ませておけ」

「承知しました。旦那様はどうされるのですか？」

「直に噂の真偽を確認してやるさ」

「もし、偽りだったときは、どのように致しましょうか？」

「ドワーフ王と魔族の王女を偽った罪だ。……わかるだろ？」

執事のセバスは一礼した後、部屋から出て行った。

一人になった俺は、右手で漆黒の刀を握りしゃべりかける。

『噂は本当だと思うか？』

『クックック。お前にしては珍しいじゃないか。真実であってほしいって顔に書いてあるよ』

『数百年ぶりの変化だ。期待したくもなるさ。あなたのためにもね』

『わかったよ。どれ、ワタシも見てやるかねぇ。もし、つまらないヤツだったら消し炭だよ。楽しみだねぇ』

◇

――俺達は魔物と戦うため、闘技場に向かって移動していた。

「あっちが魔物の調教施設で、この目の前の建物が訓練場だ」

ゲイルが指差す先の一つに、ローマのコロッセオのような巨大な建物があった。

案内されて中に入ると、中央は広い闘技場で周りは観覧席になっていた。

ここでは、魔族対魔族、魔族対魔物、魔物対魔物のような戦いが、定期的に催されているらしい。

闘技場と観覧席の間には、柱のような魔道具が一〇メートル間隔で並んでいた。

あれで闘技場に結界を張り、観覧席に戦闘の影響が及ばないようになっているそうだ。

「それにしても、観戦者の数がものすごく増えてないか？」

ゲイルにとっても予想外の状況らしく、首をひねっていた。

「この街の魔族にとって人族は珍しい。その戦闘を見られるのだ。たぶん街中の魔族が集まっているのだろう。それにしてもここまで集まるとはな。もう少ししたら、魔物が入ってくる。タクミはその後に入って、魔物を倒してくれ」

「私は主催者として主賓席にいるわね。挨拶もあるし。ちゃんとタクミとミアに手を出さないように言っておかないとね」

そしてカルラは手を振り、観覧席へと歩き出した。

「ふふふっ。タクミの強さを見たら、みんなびっくりするかしら。タクミ、遠慮せずにやっちゃいなさい！　わたし達に手出しする気がなくなるぐらいにね！」

ミアが笑顔で応援してくれる。

俺が魔物に負ける心配は、まったくしていないようだ。

まあ、ミアの期待に応えられる程度には頑張りますか。

観覧席から大きな歓声が上がる。

コロッセオが揺れるぐらいの大歓声だ。

主賓席を見ると一人の男が会場全体に向かって手を振っていた。

もしかして、あれは魔王じゃないのか？

俺はカルラに『携帯念話機』をつないだ。

『カルラ。今、手を振っているのは魔王じゃないのか？　どうしてここにいるんだ？』

『私も知らなかったのよ。街中がお祭り騒ぎになって、お父様の耳にも入ったみたい。もうどうすることもできないわね。なすがままよ』

『おいおい、そんな無責任な……。戦う魔物なんだけど、物理攻撃無効とかは勘弁してくれ。それだけは頼んだぞ』

『そっちは大丈夫よ。その後が心配なんだけど……あっ、お父様に呼ばれたわ。応援してるから頑張ってね』

おい！　その後ってなんだ。

まあ、物理攻撃が通じる相手なら、なんとかなるだろう。

魔王の挨拶の後、カルラがこれまでの出来事を、観覧席にいる魔族に話し始めた。

すべてはエルフ族の企みであること。

人族は魔族と友好を望んでいること。

自分達を救ってくれたのは人族であること。

その英雄が、これからここで戦うこと。

途中から俺じゃない別人の話にしか聞こえなかった。

気のせいか、ミアが尊敬の眼差しで俺を見ている気がする。

ミアもカルラ達を救った英雄の一人なんだけどな。

そのことについて、本人はまったく気にしていないようだった。


——カルラの話が終わると、闘技場の反対側の扉が開いた。

そこにいたのは体長三メートルぐらいの、人型で頭部が牛の魔物。

盛り上がった強靭な筋肉の上に、軽装ながらも金属製の鎧を纏っていた。

全身黒色の化け物は、巨大な斧を引きずりながら闘技場の中央へゆっくりと歩き出す。

ゲイルから『携帯念話機』の着信が入った。

『タクミよ。あれはミノタウロス、Aランクの魔物だ。大丈夫だと思うが油断はするなよ』

『なんか、やけに強そうな相手だな』

『……実は、対戦直前に横やりが入った。普通のミノタウロスだと、人族の英雄に失礼だと言われてな。まあ、あいつを倒せば、誰もがタクミの実力を認めざるを得ないのも事実。頑張ってくれ』

初めてのAランクの魔物。

ちょっと強めの個体らしいが、なんとかなるだろう。

久しぶりの緊張感。テンションが上がってきた。

「じゃあ、いってくるよ」

俺はミアに手を振り、闘技場に入る。


俺が闘技場に足を踏み入れると、割れんばかりの歓声が小さなブーイングを覆い隠す。

「おい、あれが人族の英雄か。あまり強そうに見えないけど大丈夫か」

「あのミノタウロスって、先月の獣型王座決定戦で優勝したやつだろ？」

「まさか……一人で戦うのか？　人族だと普通のミノタウロスでも手練れ一〇人ぐらいで戦うと聞くぞ。このチャンピオン相手だと、手練れ五〇人ぐらいは必要じゃないのか？」

「これは最高の戦いが期待できるな！」


闘技場を覆うように結界が張られたが、歓声は変わらず聞こえている。

さて、どうするか。

ミアが言ってたよな。俺達に手を出す気がなくなるぐらい実力を示せって。

そうなると、やっぱりこうするのが一番かな。

地面に乱雑に置いてあった武器の中から、一振りの刀を拾い上げる。

光刃《ライトセーバー》を使うと、武器の性能のおかげで勝てたと言われそうだからな。ここにある武器を使えば、文句は出ないだろう。あとは……この小型の丸盾《バックラー》でいいか。


——よし、これで準備は万端だ。

えーっと、確か俺から開始の合図を送れば良かったんだっけ？

俺はとりあえず左手を振ってみた。

すると、突然ミノタウロスが砂塵を巻き上げながら突っ込んできた。

俺は抜き身の刀を構え、カウンターで斬りつけようとしたが、お互いが斬り結べるギリギリの距離でミノタウロスが止まった。

あれだけの速度から、急に止まってもバランスがまったく崩れていない。

こいつ……強いな。

黒色の化け物が大きく息を吸い込むと、金属の鎧がはち切れんばかりにガタガタと震え出す。

そして、すべてを吐き出すように俺めがけて咆哮を上げた。

マズい！　俺は炎のようなブレスが来ると予想していたので、心の壁バリアのタイミングがズレた。予想が外れたことで、俺の心が拒絶できなかったのだ。

全身にビリビリと強烈な振動が駆け抜けた。


――その光景に観覧席がザワつき出す。

「マジか！　あの咆哮をまともに食らったぞ」

「あれは大会で見せていた得意のパターンだ。金縛りにさせて斧で一刀両断。まずくないか」

「おい、誰か止めろ！　人族があの化け物と戦うなんて無謀だったんだよ！」

ミノタウロスは巨大な斧を担ぎ、ゆっくりと俺に近寄ってくる。

牛面の口からは舌が垂れ下がり、涎《よだれ》がしたたり落ちる。

勝ちを確信した眼が、魔物の本能ともいえる殺戮《さつりく》衝動でギラギラしていた。

結界の外では絶叫がこだまする。

ミノタウロスは巨大な斧を頭上高く振りかぶり、俺を真っ二つにするべく斧を振り下ろす。

ズサッ――斧は空を斬り、地面深く突き刺さった。そして黒色の化け物は大きく体勢を崩す。


「「「「はっ《クポッ》⁉」」」」


何が起きたのか。観戦者だけではなくミノタウロスも首をかしげた。

「今、何が起きた？」

「おい、人族を見てみろ。あの小型の丸盾《バックラー》をかざしているぞ。まさか……アレで斧を防いだのか？」

「いやいや、そんなの不可能だ！　防ぐどころか真っ二つに割れるぞ！」

ふぅ……危ない、危ない。

あれだけ油断するなとゲイルに言われたのに、完全に油断した。

咆哮を受けたときは一瞬焦ったが、俺にデバフ《状態異常》は効かない。

『イエロールーンの強化指輪　異常耐性＋95』を装備しているからな。

さてと、ここからはミアの指示通り、魅せながら勝ちにいくか。

呆然としているミノタウロスに向かって、俺は叫んだ。

「おい。お前の実力はその程度か？」

魔物相手に俺の挑発が通じるかわからなかったが、どうやら効果はあったようだ。

ヤツは斧を両手に持ち直し、渾身の力で振り抜いてくる。

「パリィ！」

左手に持った小型の丸盾《バックラー》で斧を弾くと、黒色の巨体は、大きくバランスを崩した。

ミノタウロスは信じられないと言わんばかりに、驚愕の表情で俺を見ていた。

さらに何度も、小型の丸盾《バックラー》で巨大な斧を弾き返すと、それに合わせたかのように、闘技場も静まりかえる。

そして最後には、ミノタウロスの荒い呼吸音だけが聞こえていた。

もう、そろそろいいだろ。

俺はゆっくりと歩き、肩で息をして立ち尽くすミノタウロスの眼前で足を止める。

お互いの得物が十分に届く間合い。

「ありがとな。楽しかったぞ」

俺は刀を一閃、横一文字に振り抜いた。

腹部から裂けた黒色の身体は上下にズレ落ち、肉片の重さで地面が揺れる。

そして、黒い煙となって掻き消えた。


――戦闘が終わっても、闘技場は静まりかえっていた。

目の前で起きた光景を、いまだに大半の者が信じられなかったのだ。

「ど、ど、どうやれば、あの猛攻をあんな小さな盾で防げるんだ……」

「それだけじゃない。最後の一振り見たか？　闘技場にある鈍《なまくら》刀で、あのミノタウロスを一刀両断したぞ。しかも鎧まで斬り裂いて、だ！」

「まさか……なんという技術とセンス。武神だ。あれは間違いなく武神と呼べる存在だ！」

一部の観戦者の声を引き金に、観覧席から拍手や歓声がドワァァッとわき起こった。


「――まあ、こんなもんだろう」

俺は勝てたことに安堵した。

この盛り上がりようからして、十分満足してもらえたようだしな。

俺はカルラに『携帯念話機』をつなぐ。

『終わったぞ。これからどうすればいいんだ？』

『タ、タクミ。すごかったわよ！　あんな実力を隠していたなんて、まったく気づかなかったわ！』

『カルラ、何を言っているんだ。俺の『改ざんスキル』で、刀の攻撃力と小型の丸盾《バックラー》の摩擦力を変えただけだ』

『えっ？　……タクミの実力じゃなかったの？』

『俺は普通の一般人だよ。武術なんて習ったことないし』

まあ、小型の丸盾《バックラー》を使ったパリィは実力と言えば実力かな。

シラカミダンジョンで、バリアを使ってパリィの練習をしていたのが役立った。

『まあ、カルラが騙されたぐらいなら、他の魔族も騙せただろう。それで、この後はどうすればいいんだ？』

『え、あ、ちょっと待ってて』

少しすると観覧席の結界がスッと消えた。

そして、拍手をしながら主賓席から一人の男が降りてきた。

「素晴らしい戦いだった」

長身でイタリア系のちょい悪風なイケメン。

魅力というかカリスマというか、フェロモンたっぷりのオーラがにじみ出ている。

ゲイルといい、カルラといい、魔族は美形が多いな。

「礼が遅くなった。娘を助けてくれてありがとう。オレは『エンツォ・ブラッドハート』だ。他の種族からは『魔王』と呼ばれているらしい」

「はじめまして。俺はタクミです。人族ですが、ドワーフ族の大使をやっています」

「ああ。娘から聞いている。オレのことは遠慮なくエンツォと呼んでくれ。タクミ、さっそくで悪いんだが、一つ頼みがあるんだ」

「なんでしょうか？」

「オレと戦ってくれ」

そう言うと、エンツォの姿が消えた。

――トン。

誰かが俺の肩を叩く。

振り向くと、そこにはエンツォがいた。

なっ！　俺は慌ててエンツォと距離を取る。

エンツォは両手を軽く広げ、どうしたと言わんばかりに首をかしげた。

「タクミ、違うだろ。ゲイルに認められた男が、この程度なわけがない」

さっきまでとは違い、笑みに陰がある。

なんなんだ。エンツォの立ち位置がわからない。味方なのか敵なのか……。

いや違うだろ。魔王が味方なんて誰が決めた？　俺達を攻撃してくるやつは、すべて敵だ！

「おっ、やっとやる気になったか。判断が遅い。実戦だと死んでるぞ」

言葉と動きに騙されるな。

とにかく全方位にバリアだ。

俺はアイツから触られることを、何が何でも拒絶する。

その瞬間、俺の背後からキーンと音がした。

エンツォの腕を弾いた音だ。

「ほほう……おもしろい技だ。それで『剣聖』の攻撃を防いだのか？　では今度はコレだ。本気の実力を見せてみろ！」

エンツォが右腕を振ると、右手には真っ黒な刀が握られていた。

刀身には禍々《まがまが》しい炎が生き物のように蠢《うごめ》いている。

くそっ、見るからにヤバそうだな。どこから出した？

観覧席もザワつき出す。

「嘘だろ。エンツォ様が『魔刀断罪』を出したぞ！」

「やりすぎだろ。タクミって奴を殺す気か⁉」

聞こえてくる内容からして、普通の刀じゃないのは間違いないな。

その異様な事態に、カルラも慌ててエンツォを止めに入った。

「ちょ、ちょっとお父様、何をする気ですか！　ふざけないでください！」

しかしエンツォは、気にする素振りもなく刀を振り上げた。

闘技場にいる誰もが、息を呑む。

コイツ……やる気だ。

バカ正直に正面から来るとは限らない。

俺は全方位にバリアを張れるよう警戒する。

しかし、予想に反してエンツォはゆっくりと俺に向かって歩いてきた。

「準備はできたか？　まずは小手調べだ」

禍々しい炎を纏《まと》った漆黒の刀を、エンツォはゆっくりと振り抜いた。

俺の側面で八角形のバリアが刀を弾く。

その後も二回、三回と続けて斬りつけてくる。

なんて滑らかな動きなんだ。まったく本気を出してないんだろうけど、凄まじい剣術の使い手だと素人の俺でもわかる。

……どうする。こちらも攻撃するか？

剣技による勝負では、勝てるとは思えない。というか自殺行為だ。

そうなるとスキルか……。けど、俺のスキルは戦闘向きじゃない。

スキルの発動までに、時間がかかりすぎる。

そんなことを考えているうちに、エンツォの剣速は目で追うのが難しくなっていた。

ま、マジか。どこまで速くなるんだよ。……やばい、このままだとＳＰが足りなくなる。

しかし、もうこの段階での反撃は無理だ。一瞬でもバリアに隙ができれば、確実にやられる。


「嘘だろ！　タクミって奴、全部防いでるぞ！」

「そんなことが可能なのか⁉　エンツォ様の連撃だぞ！」

「た、確かに英雄と言われるだけのことはあるな」

静まりかえっていた観覧席から、ちらほらと声が聞こえてきたとき、エンツォは攻撃の手を止めた。

そして、観覧席の方に目線を送る。

……突然、どうした？

とにかく、この隙にエンツォと距離を取らないと。

慌てて移動するが、エンツォは観覧席の方を見渡していた。

や、やっと終わったのかな？

急いでステータス画面のＳＰ残量を確認する。

………マズい。あと一四しか残ってない……。

最悪の状況に愕然としたとき、エンツォの視線が俺に戻っていることに気づいた。

俺の背中を冷たい汗がつたう。

後退《あとずさ》る俺に、エンツォは刀の先端を向けた。

「さてと、これが最後の攻撃だ。しっかり防げよ。今までの硬さだと……たぶん死ぬ」

……はい？　このおっさん、「たぶん死ぬ」って言ったのか？

エンツォの刀が纏う炎が激しさを増し、波打ちながら刀身の先端に集まり出す。

黒い炎の塊は次第に大きくなり、グゴゴゴッと周囲の空気を歪めながら生き物のようにうねり出した。

それを見た瞬間、ゾワゾワと全身に鳥肌が立ち、俺の本能が全力で逃げたがっている。

そしてエンツォが刀に力を入れた瞬間、黒い炎の塊は轟音と共に俺に向かって放たれた。

「くそがぁぁぁぁ！」

マズい、マズい、マズい。

死ぬ、死ぬ、死ぬ、死ぬ。

あれを食らえば絶対に死ぬ！

俺は心の底から、ものすごい速さで向かってくる黒炎を拒絶する！

禍々しい黒炎の塊が、俺の眼前に現れた心の壁バリアにぶつかった。

二つの距離がゼロになった瞬間、八角形のバリアが大きく歪む。

俺の死への恐怖に比例して、いつもより格段に厚みが増したバリアだが、グガガガガッという轟音とともに震え、赤く点滅し始めた。

マズい！　このままだとバリアが割れる！

アーサーのときのように弾くか!?

だが、すでに結界が解除されている。下手な方向に弾くと死人が出る。

——それなら、答えは一つしかない。

俺はエンツォめがけて黒炎の塊を弾き返した——


触れるモノ、すべてを灰にするような黒い炎の塊がエンツォを襲う。

しかし、エンツォの表情に焦りはなかった。

恐ろしい速度で飛んでくる黒炎の塊を、まるで子供とキャッチボールをしているかのように漆黒の刀であっさりと受け止めてしまったのだ。

黒炎は徐々に刀身に吸い込まれ、元の大きさの炎に戻った。

……なんなんだ、あの武器は。何もかも異様すぎる。

エンツォが刀を一振りすると、いつの間にか刀は彼の手から消えていた。

「素晴らしい！　最高だったぞ、タクミ！　お前の噂は真実だったとオレが認めよう」

エンツォが拍手すると、闘技場全体を揺るがすような盛大な拍手と歓声が鳴り響く。

そしてミアとゲイルが、俺のもとへ駆け寄ってくる。

あれ？　カルラがいない？

周りを見渡すと、カルラは簡単に見つかった。

彼女は勢いよく身体を揺らしながら、エンツォに向かっていく。

そして、エンツォのもとに着くなり、彼の頬をいきなり殴り飛ばした。

「何やってるのよ！　いくらお父様でも酷《ひど》すぎるわ。タクミは私達の恩人よ！」

殴られた頬を押さえながら、エンツォは慌てて弁明する。

「ちょ、ちょっと待て。これにはちゃんと意味がある。とりあえず屋敷に戻ってから説明する。タクミもすまなかった。最後の攻撃は良かったぞ！　他種族から魔王と恐れられるオレを殺しにくるなんて根性あるな。気に入ったぜ」

悪びれる様子もなく、笑顔でウインクしてくる。

殺されかけてムカついてるはずなのに、様になっていると思ってしまったのが悔しかった。

「よーし、みんな聞いてくれ！　今見たことが真実だ。タクミは強かった。根性もある。そしてオレ達の仲間を救ってくれた、気持ちの良い奴だ。オレ達魔族はタクミを迎え入れる。今からタクミに手を出す奴は、オレに手を出したものと見なすからな！」

魔王の言葉にコロッセオが揺れる。

今日一番の歓声だった。

◇

——俺達はカルラの実家の応接室に来ていた。

別の言い方をすれば、魔王の屋敷だ。

ここに着くまでは大変だった。

知らない魔族から手を振られたり、「タクミ」と名前を叫ばれたりした。

まるで、人気のハリウッドスターが来日したときのようだ。

闘技場の一件は、そのぐらい魔族の心に響いたんだと思う。

敵意を向けてくる奴もいなくなったので、作戦は成功したと言って良いだろう。


応接室の扉が開き、魔王のエンツォが入ってきた。

真っ黒なスーツのような衣装に身を包み、身だしなみもピシッとキメていた。

それにしても、男なのに「魅了のスキル持ちかよ」と言いたくなるぐらい、艶やかなオーラが溢れている。

魔王というより、イタリアンマフィアのボスと言われた方がしっくりくる見た目だ。

「改めて、ようこそ魔族領へ。そして魔族のために力を貸してくれてありがとう。オレ達はタクミとミアを歓迎する」

エンツォから握手を求められたが、俺の心の壁バリアが勝手に発動し、握手することはできなかった。

さすがの魔王も苦笑いをしていたが、身から出た錆だと思って反省してもらいたい。

「さあ、お父様。そろそろ説明してください。どうしてタクミに襲いかかったのですか？」

「おい。それは誤解だ。では聞くが、『人族最強の剣聖が放った攻撃をすべて防ぎ、ドワーフ族ですら神と崇める知識と技術を持つ、そして種族差別することなく仲間のためなら命も投げ出す』そんな奴がこの世にいると思うか？」

皆、押し黙った。そして、エンツォの言いたいことが、なんとなくわかってしまった。

「正直言うとな。この報告を受けたとき、お前達はタクミに魅了や幻覚のスキルを使われ、洗脳された可能性が高いと思った。その方がまだ現実味のある話だ。だからオレは精神攻撃耐性を持つ装備を身につけ、報告が本当なのかを試させてもらった」

「戦闘の途中で、観覧席の方をずっと見ていましたよね。あれも何かの確認だったんですか？」

「ああ。あれは魅了や幻覚にかけられていないか、オレと観覧席に忍ばせた数人とで、互いに監視しあっていたのだ」

「それにしたって、街に来て早々にやることですか？」

カルラの怒りは、なおもおさまらない。

「精神攻撃を受けてからでは遅い。それに、もし悪意がなかったとしても、何が本当で何が嘘なのかを確かめる必要があった。そうしないと腹を割って話すことなんて無理だからな。違うか？」

「た、確かにそうですが、違うやり方があったのでは？」

「お前達があの催《もよお》しを開いたんだぞ。オレはその機会を利用しただけだ。ただ、ミノタウロスごときでは、タクミの力を量ることができなかった。だから、オレが出る羽目になった。もし真っ直ぐにここへ連れてくれば……話し合いで済んださ」

エンツォはニヤリと笑い、カルラとゲイルは、何も言い返せずうなだれる。

けど、最後の「話し合いで済んだ」ってのは嘘だな。

根拠はないが、結局は戦いで証明することになっただろう。

いろいろ思うところはあるが、今ここで大事なのは「納得すること」ではない。「どう、つき合っていくか」だ。

俺が最優先すべきは、あの二人を救うことだからな。

「ところで、どうだこの街は？　ここが魔族領の中で一番大きく栄えている街だ。タクミ達は人族、ドワーフ族の王都を見てきたんだろ？」

ここは中世よりも現代に近いヨーロッパという感じがする。

スタイリッシュで統一感のある建物が並んでいるのだ。

俺達がいる、この屋敷もそうだ。ここは魔王の別宅というわけではなく、住まいなのだ。

つまり、この街には城がない。

ゲームでお馴染みの魔王城は存在しなかった。

異世界人が魔王を討伐しに乗り込んできたら、さぞ驚くだろうな。

あとは魔道具の存在だ。

例えばこの屋敷には石壁のようなものはなく、洒落たフェンスで囲われている。

王の住まいとしてはどうなのかと思ったが、フェンスは魔道具になっており、常時結界が張られているそうだ。

人族の城壁などより耐久性が高く、魔法も跳ね返すらしい。

いろいろ見た目と性能が違いすぎて慣れが必要だが、そのギャップが面白い。

そう説明すると、エンツォ、カルラ、ゲイルの顔に、満面の笑みが広がった。

彼らの素の笑顔を見たとき、俺の心身からスッと緊張の糸がほどけていくのがわかった。


「あっ、そういえば人族と魔族の戦争の話をしないと」

ミアの声にカルラが頷き、エンツォに向き直る。

「お父様にお願いがあります。闘技場でも話しましたが、今回の一件、原因はエルフ族にあります。人族への報復はおやめください」

「ああ、そのことか。うちの軍のヤツらはとっくに出て行ったぞ。みんなカルラのことを娘のように可愛がっていたからな。二度とそんな気を起こせないように、人族のヤツらに落とし前をつけさせてくるとよ」

「えっ⁉　なぜ止めなかったんですか！　今すぐやめさせないと！」

「最後まで話を聞け。オレに隠れて報復行動をされるよりは、表立って行動させたほうが安全だ。だからアレッサンドロに指揮を任せて進軍させた。アイツもその辺はわかっているはずだ。だからカルラはアイツらと合流して、戦争をやめるよう説得しろ」

なるほど。下手に我慢させて暴発するリスクを負うよりも、ガス抜きさせながらカルラ本人にやめさせる。確かに上手いやり方だ。

この街に俺達が来たときも、人族への憎しみの感情は強かった。

王女と同行していた俺とミアですら、人族とわかると襲おうとしたのだ。

いかに王の命令といえど、それを無視して暴走するヤツが出てきてもおかしくない。

ただの戦闘好きかと思っていたが、さすがは王様ってところか。

「まあ、不幸にも戦争が始まったら……そんときは落とし前をつけさせるだけだ」

前言撤回。やっぱり戦闘好きだった！

人族の軍に冒険者がいて、そこに魔王が参戦したら……ゲームならラスボス戦。ファイナルバトル突入ってところか。

自称勇者や賢者と魔王の戦い……それもちょっと見てみたいけど、魔王であるエンツォの圧勝になりそうだ。

俺がバカな夢想をしていると、エンツォがカルラに命令する。

「そんなわけで、明日にでもアレッサンドロと合流するため出発してくれ。ゲイルも頼んだぞ」

「わかりました」

「エンツォ様、お任せください」

カルラの話は一旦落ち着いたようだ。ちょうどいい、俺も仕事の話をさせてもらうか。

「俺からもドワーフ族の大使として話があります。いいですか？」

「ああ。だが、オレとしてはドワーフ族の大使の話よりも、タクミ個人の話の方が興味あるのだがな」

「今からドワーフ王に会ってもらえませんか？」

「……今からだと？　どれだけ時間がかかると思ってるんだ。それは無理だ」

「それなら、俺に一時間ほど付き合ってもらえませんか？」

「おもしろい。いいだろう。リベンジマッチでもするのか？」

俺は最後の台詞は無視して、収納ポケットから転送魔法陣の石版を取り出した。

続いてタタラさんとドワーフ王のゴンさんに念話をして、「これから行きます」と話をつける。

急な頼みだったが、二人とも快く了承してくれた。

まずはミアがお手本として石版の上に乗った。すると、一瞬にしてミアの姿が消える。

それを見たエンツォは目を見開いていた。

「それでは、この石版の上に乗ってください」

エンツォはクックククと笑いながら、躊躇することなく石版の上に足を踏み入れた。

「ゲイル、ここで石版を見張っていて。お父様だけにすると危険だから、私もついて行くわ」

そして、カルラと俺もゴンヒルリムへと向かった。

◇

――ゴンヒルリムの入出管理棟。

「ここは……本当にゴンヒルリムなのか？」

「はい。この転送魔法陣は、ドワーフ族とタクミとミアが開発したものです」

「もしやと思ったが、本当にゴンヒルリムへ移動できるとは。タクミとミア、噂以上の技術力だな」

驚き呆けているエンツォを連れて、入出管理棟の応接室に移動する。

ドワーフ王のゴンさんが来るまでの時間、エンツォから質問攻めにあった。

一通り質問し満足すると、今度は逆に一切口を開かなくなった。

きっと移動式魔法陣の運用方法でも思案しているのだろう。

――応接室のドアが開き、ゴンさんが入ってきた。

「エンツォ、えらく久しぶりだ。元気にしてたか？」

「ゴン。久しぶりだな。オレが知らない間に、何が起きてるんだ？　えらく楽しそうじゃないか。オレにも一枚かませろ」

「ワッハハハハ。お主もタクミとミアに感化されたか？　閉鎖的な魔族がえらく積極的ではないか」

なんだこの二人、かなり仲が良い。

このやり取りを見る限り、二人の仲は上辺だけの関係ではなさそうだ。

「なんか、すごく仲がいいですね。エンツォさんとゴンさんで、バチバチにやり合うかと思ったんですが」

「ミアもそう思った？　ドワーフと戦闘好きって合わないと思ってたんだけど、意外だよな」

「あの二人は、古くからの付き合いらしいわ。私も詳しくは知らないけど」

その後、俺がエンツォと戦った件も話題に上がった。

俺達の素性を確認するためと説明していたが、ドワーフ族の大使に対する接し方として、完全にアウトだろ。

「エンツォさん。最後の攻撃を防げなかったら、俺はどうなっていたんですか？」

「そのまま死んでたさ……っていうのは冗談だ。『魔刀断罪』の黒炎は自由に動かせるのだ。バリアの耐久力を確かめたら、黒炎は刀に戻すつもりだったぞ」

「おい、エンツォ！　『魔刀断罪』を使ったのか！」

「ああ、それでしか確認できなかったからな。『剣聖』と同じ威力の攻撃など、我ら魔族には呪いがあるから無理だ。もし攻撃できたとしても、制御できなければ危険だからな」

そしてエンツォはニヤリとしながら、カルラの肩に手を置く。

「闘技場のイベントについては、カルラが企画したのだ。詳しく知りたければ、本人に聞いてくれ」

コイツ、ゴンさんに詰められそうになったから、カルラに丸投げしやがった。

「え、そ、それはですね……」

「魔物との力比べは、わたし達からカルラにお願いしたことです。カルラは多くの魔族が納得するレベルで、タクミが怪我しない最適な魔物を選んでくれました。最後のエンツォさんの演出がなければ、とくに問題はなかったです」

「ミ、ミア……」

カルラに、王女として俺達に手を出さないよう魔族を説得しろと言ったのはミアだ。

そして、魔物との力比べを提案したのは俺。

カルラは、俺達の要望通りに舞台を用意し、魔族を説得してくれた。

むしろ、期待以上の成果を上げてくれたと、俺はゴンさんに説明した。

「問題はなかったみたいだな。それにしても魔族から信用を得られたのは大きいぞ！　大使に選んだワシの目に狂いはなかった。ワッハハハハ」

ゴンさんの矛先がカルラに向かわないよう、俺達の口から闘技場での出来事は問題なかったと言わせる。これって、すべてエンツォの計算通りだよな。……なかなか手強い。

その後、ドワーフ族と魔族の間で、技術と軍事同盟が結ばれることになった。

第2話　エンツォの友人

――俺達はゴンヒルリムから魔王の屋敷に戻ってきた。

「それにしても、この『携帯念話機』はすごい発明だ。本当にオレが一つもらっていいのか？」

「ええ、各種族の王には俺が人となりを確認してから渡すつもりでした」

「ということは、オレはお前のお眼鏡にかなったわけか？」

「いえ。正直渡すつもりはありませんでした。ただ、ドワーフ王から自分が保証人になるので渡してほしいと頼まれたので」

「……そ、そうか。ゴホン。そんなことよりもだ――」

エンツォは眉をピクピク動かしながら話を変える。

カルラは唇をぎゅっと結び、笑いを堪え、ゲイルはうつむき肩を震わせていた。

ゴンさんの反応を見る限り、悪者って感じはしないんだよな。

その後、俺は転送魔法陣を、魔都ゾフに設置してもらうようお願いすると、エンツォは二つ返事で了承してくれた。

これはゴンさんがエンツォに、ゴンヒルリムの通行証を渡したことで、エンツォも転送魔法陣を起動できるようになったのも影響しているだろう。

たぶんドワーフ王として、魔族との交流を公に復交させたい思惑があるんじゃないかな。

ゴンさんの性格からして、魔族をこのまま孤立させておく気はなさそうだし、転送魔法陣による物流網を構築するのに、エンツォの権力と知恵を利用したいというのもあるだろう。

エンツォの話だと、今はとりあえず転送魔法陣を仮設置するが、将来的には新しい街を作り、交通と物流の拠点にするらしい。

そうやって、徐々に魔族と他種族の交流を増やしていくとのこと。

魔族と他種族、相互の理解がある程度確立されるまでは、確かにその方法が良さそうだ。

いきなりゾフに他種族が来る……トラブルの予感しかしない。

転送魔法陣を利用するにはゴンヒルリムの通行証が必要なので、ドワーフ族から数人送られてくることになっている。

魔族領の未来を語るエンツォを見て、カルラの顔も明るい。

「あんなに楽しそうなお父様を見るのは久しぶりよ。魔族は他の種族と交流がないから、魔物を育てて競わせるか、力比べぐらいしか娯楽がないのよ。今度からは街を発展させたり、他種族と交流したりと楽しみが増えるわね」

今日は、ゾフに着いた初日とは思えないぐらい濃い一日だった。

この街に滞在している間は、魔王の屋敷に部屋を用意してもらえることになった。

「明日、魔族軍と合流するために、朝のうちに出発するわ。タクミ達はどうする？」

「俺達はこの街をもうしばらく見てから、世界樹――」

「もちろん、わたしとタクミも一緒に行くよ！」

いやいやいや、ゴンさんからドワーフ大使として依頼されたことは、ゾフに転送魔法陣を設置することだ。その仕事が終わったんだから、世界樹の葉を取りに行かないと。

魔族と人族の戦争だって、魔族の方はカルラとゲイルが止めに行く。

人族はアーサーとメアリーが止めに行くんだ。

全員、各々の種族の中でそれなりの地位を持っている。開戦はまず防げるだろう。

もし、防げなかったとしても、その場合は俺達が行っても結果が変えられるとは思えない。

そして、何より俺は世直しの趣味はない。どちらかの側について戦争に参加するなんて、まっぴらごめんだ。

ミアをどうやって説得しようか考えていると、エンツォが話に割り込んできた。

「おい。タクミとミアは行かせんぞ。オレが許さん」

エンツォは何か不満でもあるのか？　と威圧するような視線を送ってくる。

「お父様、どうしてタクミとミアの協力を断るのですか？」

「理由は簡単だ。弱いからだ。行けば死ぬぞ」

「戦争にならなければ問題ないわ」

「予想外のことが起きたらどうする？」

「私とゲイルが守るわよ。それに……」

カルラの話をエンツォは手で制した。

「オレとの戦闘でわかっただろ。タクミ達は不意打ちや、手数の多い攻撃に弱い。それは己が強いわけではなく、装備の強さで戦っているからだ。違うか？」

——俺とミアは返す言葉がなかった。

「お前とゲイルが守るだと？　相手は魔物じゃない。頭を使って攻撃してくるんだよ。罠や奇襲、多数で少数を狩る。これは戦術の基本だ。そのすべてと相性の悪いタクミとミアを連れていってどうする。何か間違ったことを言っているか？」

あまりの正論。

誰も口を開くことができなかった。

「自覚しているならそれでいい。せめてレベルは六〇ぐらい欲しい。今のレベルはいくつなんだ？」

俺はレベル二九、ミアはレベル二八だと伝えた。

それを聞いた瞬間、エンツォはガバッと椅子を倒し立ち上がる。

「バ、バカな！　たったの二九だと！　……カルラ達は知っていたのか？」

「はい。それで……タクミからは魔族の特訓に参加させてもらえないかと打診されていました」

エンツォは腕を組みながら考え込んでいるようだ。

しばらくすると、エンツォは俺とミアに顔を向けた。

「いいだろう。魔王軍に従軍することを許してもいい……。ただし条件がある。レベルを六〇以上にしろ。反応速度や動体視力が上がり、不意打ちにも気づけるようになる。攻撃を受けても肉体の防御力や素早さも上がるから、なんとかなるだろう」

「けど、お父様。それだとタクミとミアは、明日の出発に間に合いません」

いや、その心配は不要だ。

「……カルラ達に転送魔法陣を持たせるんですね。だからギリギリまで特訓できると」

「そうだ。話が早いな。ただ、一つ間違ってるぞ。ギリギリまでじゃない。レベルが六〇を超えるまでだ」

「あの……二日、三日でレベルを六〇まで上げられるんでしょうか？」

「知らん。お前達次第だな。しかし、オレは十分可能だと思っている。相手が魔物なら、お前達は間違いなく強者だ」

詐欺師のような話術だ。人をその気にさせるのが上手い。ミアなんて、すでに目がやる気に溢れている。

俺はというと今までの経験から、ある問題を解決できれば間に合うと考えていた。

「わかりました。特訓するにあたり一つだけお願いがあります」

「オレはタクミとミアには借りがある。なんでも言ってみろ」

「SP回復のアイテムをください」

そんなアイテムが存在するのか知らないけど、頼んでみた。

俺とミアが効率良くレベル上げをするには、SPの回復時間が一番の課題なのだ。

光刃《ライトセーバー》も心の壁バリアも、SPを消費するからだ。

この問題を解決できれば、高速でレベル上げが可能になる。

エンツォは俺の言葉を聞くと、急に難しそうな表情になった。

「今から話すことは魔族だけの秘密だ。他言無用。ゴンにもしゃべるなよ」

俺とミアは頷く。

「この世界にSP回復薬は存在しない……ことになっている」

そう言うと、エンツォは右手を軽く振った。

次の瞬間、黒色の液体が入った瓶を二本、右手に持っていた。

「これがSP回復薬だ。今、用意できるのは二本しかない。これをやろう。魔族でも貴重なモノだから、簡単に補充はできないと思ってくれ」

そもそもSP回復薬が存在したことに驚いたが、まさか手持ちの回復薬をすべてくれるとは……。

いろいろと勘ぐってしまうが、俺はありがたく受け取った。

よしっ！　これでなんとかなりそうだ。

「これは何で作られているんですか？」

ミアの何気ない質問に、エンツォとカルラが気まずそうに顔を見合わせる。

「……ミア、気になるか？　教えてもいいんだが、世の中には知らない方がいいこともあるのだ。それでも知りたいか？」

「悪いこと言わないからやめときなさい。タクミも成分とか調べたらダメよ。絶対に後悔するから」

ちょっと待て、これ本当に飲めるんだろうな？

エンツォとカルラの発言が気になりすぎる。

「一応確認ですけど、これの使い方は『飲む』で合ってますか？」

「え、ええ。それで大丈夫よ」

うん。これ以上の会話はやめておこう。

材料があまりにも……な場合、飲めなくなりそうだ。


俺達の特訓は、明日の朝からになった。

俺は戦争に参加する気はないが、レベルをチート的に上げられるこの機会《チャンス》を、捨てることはできなかった。

まあ、戦争だって開戦するかわからないしな。

世界樹の葉を取りに行くにしても、行き先はエルフ領だ。

ここで強くなっておいた方がいいだろう。

俺はそう自分を納得させながら、エンツォが用意してくれた部屋に戻った。

そして、ＳＰ回復薬にスキル『分析』を使い、回復量以外の情報を表示させないように意識する。

すると期待通り、ＳＰ回復量だけが表示された。

マジか！　驚くことに回復量は『95』だった！

通常のハイポーションのＨＰ回復量が60ぐらい。それを考えると、凄まじく高性能な回復薬だ。なかなか手に入らないのも頷ける。

俺は、収納ポケットから、洗ってあるポーションの空き瓶を取り出す。

ＳＰ回復薬の蓋を開けると……うっ、なんだこの臭い。日本にいる頃、お腹が痛いときにお世話になった黒い薬を思い出した。

心が折れそうになりながらも、なんとか水で薄め、回復量が二桁になるよう調整。そしてスキル『改ざん』で回復量の十の位を変更してと……。

よし！　回復量を『10↓90』に強化できた。

これを繰り返し、二本のＳＰ回復薬を一八本に増やすことに成功。

原液を薄めたことで、臭いはかなり改善することはできたが……これ、本当に飲めるんだろうな？

その後、作業を寝室で行ったことを後悔しながら、俺は寝たのであった。

◇

『――まだ起きとったのか!? こんな時間に念話してくるとは、急ぎか?』

『ああ、こんな夜更けにすまんな。ゴンよ。お前カルラに何か言わなかったか?』

『……ドワーフ族に伝わる昔話を少し話したぞ。タクミとミアに説明する必要があったからな』

『やはりお前の仕業か。カルラが部屋にやってきて、いろいろと質問された。お前のことだ、カルラから魔族の現状を探ろうとしたのだろうが、カルラに余計な話を聞かせるな』

『魔族については、ワシからは何もしゃべっておらんぞ』

『カルラが禁忌の時代について知ってしまうと、復讐の連鎖から抜け出せん。過去に囚われるのはオレまでだ。それに……タクミとミアだ。あいつらなら、カルラと魔族に違う未来を用意できる』

『…………』

『話は変わるが、ミアに魔族と人族の戦争を止めに行きたいと言われた。もちろん断った。あいつらを絶対に失うわけにはいかないからな』

『素直に言うことを聞いたか?』

『オレに隠れてでもカルラ達と行くだろうな。だから、レベル上げの特訓を条件にした。今のレベルだと不意の事故にあうと死にかねん』

『何をさせる気かは知らんが、タクミとミアに怪我させたら、許さんからな！』

『すっかりアイツらの爺《じじい》だな。孫扱いするなよ』

『ハッ、どっちがじゃ。お前ほど過保護にしてないわ！』

『クックック。ドワーフ族の大使だからな、ちゃんと大事に扱うさ。また何かあれば連絡する』


念話を切ると、机の上に座る金色の髪をした幼女があくびをした。

「クックック。ドワーフの小僧に、文句の一つは言えたのかい？」

「カルラに余計なことを聞かせるなと、ゴンには言っておいたさ」

あなたを怒らせると、ゴンの身に危険が及ぶかもしれんからな。

「――そんなことよりもだ。あなたの目には、タクミとミアはどう映ったのか聞かせてほしい」

「戦闘能力はヒヨッコだよ。手先の器用さで誤魔化しているけど、強者にはまったく通じないだろうね。ただスキルはおもしろいねぇ。ワタシの予想だと、二人とも特殊なスキル持ちだ。そして、どちらが欠けてもダメな気がするよ。まあ、期待してもいいかもしれないねぇ」

あなたにここまで言わせるとは、オレの眼に狂いはなかったようだ。

オレは席を立ち、机の上にある漆黒の刀を右手で掴む。

ふぅ……それにしても転送魔法陣とはな。

オレが渇望して手に入れられなかったモノを、こうも簡単に作るとは恐れ入る。

あの二人がいれば大丈夫だ。

カルラが知ってしまう前に……オレが幕を引いてやる。

◇

——翌朝、カルラとゲイルは進軍している魔族軍に合流するため、魔都ゾフを発った。

カルラには転送魔法陣を渡してある。

これは俺達がカルラ達と合流するときに使うためのモノだ。

これで俺の手持ちの転送魔法陣は、あと一つしかなくなった。

俺達はエンツォとドラゴンに乗り、霊峰シラカミの麓にある村まで移動することになった。

「これから行くところは、魔族がレベル上げをするための特別な施設だ。今も若い魔族が魔物と戦闘を繰り返している」

「どんな施設なんですか？」

「施設内の訓練場に上位ランクの魔物を連れてきて、魔族で取り囲んで倒す。それをひたすら繰り返すことでレベルを上げている。上級戦士を教官として配置しているから、安全面の心配はない」

自分より遙かに強い魔物を、周りに手伝ってもらいながら倒して一気にレベルを上げる。

つまり、ここで行われていることは、オンラインゲームで言うところの『キャリー』や『養殖』と呼ばれるような方法だ。

これを行うには、強くて倒しやすい魔物が頻繁に出現する効率の良い狩り場が必要だ。そのあたりが気になった。

「魔物の補充は、どうしているのですか？」

「訓練施設は、濃い瘴気溜まりがある地下洞窟につながっているのだ」

「なるほど、倒したあと魔石をすぐ地下に戻すことで、魔物を復活させるわけですね」

「そうだ。だからお前達も、倒した魔物の魔石は持って帰らないようにな」

Ａランクの魔物を倒すと、Ａランクの魔石が残る。

魔石は『瘴気』を吸収すると魔物になる。

つまり、『瘴気』が豊富にある場所なら、魔物を倒してもすぐに復活させられるわけだ。

「Ａランクの魔物だと、どのぐらいで復活するんですか？」

「ここの濃度なら、三日あれば復活するぞ」

……思ったより時間がかかるな。

待ち時間が発生すると、レベル六〇になるのが遅くなる。

「クククク。心配は無用だ。ここで魔物に困ることはない。この地下洞窟には掃いて捨てるほど魔物が生息しているからな」

……顔に出ていたか。

けど、それなら何も気にせず倒し続ければいいってことだな。

「エンツォさん、どうして魔族の皆さんは訓練場で一体ずつ倒すんですか？　魔物から攻撃されないなら、地下洞窟の中で戦えばいいじゃないですか」

ミアの疑問はもっともだ。

地下洞窟を周回した方が、効率は良さそうだ。

「カルラから聞いてないのだな。我ら魔族も、魔物を攻撃すれば反撃を受ける。こちらが手を出さなければ、何もされないだけだ」

「だから取り囲んで、皆さんで一斉攻撃して倒すんですね。倒しきれないときは……」

「無論、反撃を受けるぞ。そのために上級戦士を教官として、訓練に立ち会わせているのだ」

確実に勝てる相手をひたすら一撃で倒し続ける……確かにレベルを爆上げできるが、これだと本当の意味での戦闘経験は積めないんじゃないのか。

あっ、もしかして街に闘技場がある理由はこれなのか？

魔族は極端に数が少ないから、死のリスクは極力避けたい。だから競技として戦わせることで、戦闘経験を積むと。

魔族に戦闘好きが多いのも、こういう文化だからか。なんだか納得してしまった。

――俺達は施設のある村に降りた。

豪華な装飾のついたドラゴンを見て、王であるエンツォが来たとわかったからか、すぐに数人の魔族が出迎えようと飛び出してきた。

そして、先頭にいる白髪の眼鏡をかけた魔族がエンツォに一礼した後、慌てたように口を開く。

「エ、エンツォ様。ようこそいらっしゃいました。突然のご訪問、何か問題でもあったのでしょうか？」

「久しぶりだな、トレド。突然の訪問で騒がせた。今日は、この人族達を鍛えるために来たのだ」

「人族を鍛える？　差し出がましいようですが、この施設にいる魔物の強さは魔族領一です。人族の身であれば、とても危険かと思いますが……」

トレドと呼ばれた男は、心配そうに俺達のことを見ていた。しかし、その後ろにいる数名の若い魔族は、明らかに侮蔑《ぶべつ》の視線を俺達に送っている。

「心配するな。こいつらは強い。そして、ここで行われている訓練ではなく、地下洞窟に連れて行く。お前達の邪魔はせんよ」

エンツォの言葉を聞いた瞬間、魔族の若者達の目が怒気を帯びる。

「エ、エンツォ様！　我らですら地下洞窟での訓練は許されておりません。この人族達が許されるなんて納得できません！」

「ナポリか。お前達が地下洞窟での訓練を希望しているのは、トレドから聞いている。自分達は許可されていないのに、タクミ達は許可された。それが不満か？」

「はい。あの人族を連れて行くのであれば、我らにも地下洞窟へ入る許可――」

「ナポリっ！　貴様、エンツォ様とわかっての台詞だろうな⁉　お前らの納得なんぞいらんのだ。下がれ無礼者がっ！」

興奮してずり下がった眼鏡を戻しながら、トレドさんは若い魔族達を叱りつけた。

その剣幕に、若い魔族達は渋々といった表情で受け入れざるを得なかった。だが、ナポリと呼ばれた男だけは、なおも俺とミアのことを睨みつけていた。

「トレド。斬座《ザンザ》はいるか？　案内してくれ」

周囲がザワつき出した。トレドさんは慌てて聞き返す。

「ま、まさか、彼らに挑戦させる気ですか？」

「それ以外に、斬座のところに行く意味はないだろ？」

エンツォのニヤけた笑いに、俺は嫌な予感しかしなかった。

◇

――トレドさんに案内された先は、施設内にいくつかある訓練場の一つだった。

この第十三訓練場は、戦闘訓練の最高責任者《マスター》専用なんだとか。

「斬座！　出てこいよ。遊びに来てやったぞ」

エンツォの声に反応するように、訓練場の奥にある暗闇の中で、ムクッと起き上がる人影のようなものが見えた。

「ヒィイイイ。その声は、ま、ま、まさかエンツォ！　は、早く隠れないと」

「おお、いたな！　それにしても、相変わらず暇そうだな。今日は活きがいいのを連れてきてやったぞ。ちょっと相手してくれ」

エンツォの声が聞こえないのか、慌てた様子で俺達から離れていく。

「何をやってるんだ、あのバカは」

エンツォはボソッと独り言をこぼし、右手から漆黒の刀『魔刀断罪』を取り出した。

すると、俺達から離れようとしていた人影がピタッと止まった。

気のせいか、俺にはワナワナと震えているように見える。

「おい、頼みがあるんだ。さっさと来い。それとも、また話し合いが必要か？」

エンツォが刀に手をかけようとした瞬間、ものすごい勢いで人影が俺達に向かって走ってきた。

その姿を見て、俺とミアは息を呑んだ。

人影に見えていたのは、なんとアラクネ《蜘蛛の魔物》だったのだ。

けど、よく見ると以前廃坑で戦ったアラクネより、人に似ている。上半身だけ見ると、人と見間違えるレベルだ。

「エ、エンツォじゃない！　ひ、久しぶりね。ワタシはちゃんと仕事しているわよ。フッフ。オホホホ」

え？　もしかして、今しゃべらなかったか？

唖然としている俺とミアに、エンツォが向き直る。

「タクミ、ミア。紹介しよう。オレの友人であり、この施設の戦闘訓練における最高責任者《マスター》の斬座だ。見ての通り、アラクネの特殊個体《ネームド》だ。糸を使って、なわばり内の敵を斬り刻むのが趣味という危ないヤツだ。だから、俺が斬座《ザンザ》と名付けた」

なんて物騒な紹介だ。斬座も不服だったらしく、エンツォを睨む。

「あ、危ないヤツとか、あんたにだけは言われたくない！　それに友人とか、あんた何考えてんのぉぉぉ！」

「クックック。妙なことを言うヤツだな。オレは友人を大切にする男だが、お前はオレの友人じゃないって言うのか？　あんなに努力して友人になったのに、もう忘れてしまったのか？」

「ヒィイイイ。い、いやぁぁぁぁぁ、ワタシはエンツォの友人です。いや、もう友人どころか親友。絶対に親友だから！　これ間違いないんだからネェェェ‼」

斬座は何か嫌なことでも思い出したのか、顔色はどんどん青くなり、両手で頭を抱えながら絶叫していた。

「お互いの関係を思い出せたようで良かった。それで頼みがあるんだ。オレの弟子と戦ってみてくれ。ナポリ達が弟子の実力を見たいそうなんだ」

「で、弟子？　その人族はエンツォの弟子……なの？」

いつから、俺達はエンツォの弟子になったんだ。というかやめてくれ。俺達にまで怯えた目つきで見るようになったじゃないか。

「オレの弟子だからって何も気にするな。ただ、こいつらが俺達だけ地下洞窟に行くのは納得できないって言うから、ここに来たんだ。だから軽く相手してやってくれ」

「そ、そういうことだったのね。わかったわ。あっ、トレドとナポリ達には、後で話がある。絶対に帰ったらダメよ」

そう言った斬座は、獲物を見るような冷ややかな視線をナポリ達に送っていた。

◇

――俺とミアが訓練場に入ると、エンツォから説明があった。

「お前達の相手は斬座だ。遠慮せずぶった切れ。アイツは徐々に強くなるから、油断はするな。戦闘はどんな手を使ってもいいからな」

エンツォが言い終わると、訓練場の奥から二体の人形が現れた。

「斬座のスキル『操り人形《マリオネット》』だ。そいつらが斬座の武器だ。――準備はいいな。それでは戦闘開始だ！」

エンツォの開始の合図と同時に、剣と盾を装備した不恰好な二体の人形が分かれて、俺とミアに突進してきた。

とりあえず、この人形がどのくらい強いか確認するか。いつでも心の壁バリアを張れるように身構える。人形は突進したまま、掲げた剣を振り下ろしてきた。

あまりに単調で遅い動き。バリアを使うまでもなく、俺は横にステップして躱す。その後も二度三度と躱したが、相手の動きに変化は見られない。

これ以上、様子を見る必要はなさそうだな。俺は攻撃を躱しながら光刃《ライトセーバー》で人形を斬りつけた。すると首のなくなった人形は、パタリと地面に崩れ落ちた。

ミアの方も、俺に合わせるように終わらせていた。

……まさか、これで終わりってことはないよな。

エンツォを見るが、何も言ってこない。ということは、まだ続くってことか。

そう思った瞬間、地面に落ちていた剣が俺の腹部めがけて飛んできた。

カキィイン。俺は剣が届く前にバリアで弾いた。けど、ちょっと危なかったな。

エンツォが、斬座のスキルは操り人形《マリオネット》だって言ってたじゃないか。スキル名からして、モノを操る能力。それを考えれば十分に予測はできたはず。完全に俺のミスだ。

そんな中、地面に落ちている人形の首がふわりと浮き上がり、口のパーツがニヤリと笑った。

「今、ちょっと危なかったんじゃない？　地下洞窟の魔物なんて、みんなしぶといんだから。魔石になるまでは、気を抜いちゃダメよ」

地面に転がっていた他のパーツも浮き上がり、糸で引き寄せられるように元の形へと戻っていく。

隣を見ると、ミアの方も同じような状況になっていた。

そして、戦闘は再開された——

「ナポリ。アイツら、なかなかやるな。たぶん、今の人形の強さはAランク相当だぞ」

「フンッ。あの程度ならオレだってできる。それにまだ一体だ。褒めるのは早すぎる」

「けどよ、さっきの不意打ちも初見で防いでいたぞ。オレ達は全員引っかかったのにさ」

「あんなの偶然に決まってる。どちらにしろ、この程度じゃオレは納得しないからな」

外野からワイワイと声が聞こえてくるが、そちらに意識を向ける余裕はなかった。

人形が復活してから、三回破壊した。

復活するたびに強くなり、今では目で追うのがやっとの速度になっていた。

腕もいつの間にか四本に増え、あらゆる方向から斬撃が襲ってくる。

広範囲を守れるバリアがなければ、とっくにやられてるぞ。

俺はゴンヒルリムのダンジョンで練習した、バリアを使って攻撃を受け流したり、弾いたりする方法で、相手のバランスを崩すことに集中した。

こちらから下手に手を出すのは危険だ。我慢していれば絶対にチャンスは来る。それまで耐えるんだ。

人形の右手二本を使った突きを躱し、体勢を整えるため後ろにステップしたとき、突然ミアが吹き飛ばされてきた。そして、ミアに追撃しようとする人形も、俺の眼前を通り抜けようとする。

えっ？　コイツ、ミアしか見ていない。

それに気づいた俺は、すかさずミアと戦っていた人形を背後から斬りつけた。崩れ落ちる人形を見たミアも、攻略方法に気がついたようだ。

こうなれば簡単だ。俺達は人形を挟むように位置取り、二人がかりであっさりと倒した。

「くはぁ……もうちょっと早く、気づきたかったよ。エンツォさん、どんな手を使っても良いって言ってたもんね」

「ああ、一対一だなんて一言も言ってなかったのにな」

「ちょっと疲れたよ。次からは、わたしの分もタクミが戦っていいからね」

「わかった。俺がとどめを刺すから、ミアはなんとか粘り続けてくれ」

「いやいや、それ役割が反対だから」

ミアと話していると、倒れていた二体の人形が起き上がる。

「やっと気づいたみたいね。戦闘は味方を上手く使うこと。メンバーの個性に合わせた陣形とかも大切よ。地下洞窟の魔物は、知能が高いヤツらも多くいるわ。一対一で戦ってくるヤツなんていないと思いなさい」

……さっきも思ったんだけど、斬座って的確なアドバイスをくれるよな。さすが戦闘訓練における最高責任者《マスター》だ。

「さあ、ここからは人形の数を増やしていくから、ひたすら倒していきなさい」


――その後、人形の数は一体ずつ増え、最終的には八対二の戦闘になった。

『携帯念話機』を使った意思疎通のおかげもあり、俺とミアは連携して、なんとか最後の一体を仕留めることができた。

「お、おい。嘘だろ。二人で八体の人形に勝ったぞ……」

「さすがはエンツォ様の弟子。それにしても、どうやったらあんな見事な連携がとれるんだ？」

「それはアレだろ。あの二人はパイオなんだよ」

外から聞こえてきたナポリの口ぶりからも、俺達は認められたようだ。

良かったとミアにアイコンタクトを送ると、ものすごい勢いで目線を逸らされてしまった
……な、なぜ？

「エンツォ、この二人は最低限の強さはあるみたいだから、地下洞窟に連れて行ってもいいわ」

「何を言っている？　そんなことは最初からわかっているんだよ」

「へっ？」

「オレはな。斬座、お前に相手をしろと言ったのだ。このままだと、お前クラスの魔物に遭遇したとき、むざむざと殺されてしまうだろう？　さっきの戦いを見て確信した。今のまま地下洞窟に連れて行くと、間違いなく殺される……まさか、お前気づいてないのか？」

「へ？　いや、えっ、えーと、ああ、そ、そういうことね。うん。それは危ないわ」

「…………」

「ヒイィイイ、だ、大丈夫よ。たぶんわかっ――いえ、絶対にわかったから！　タクミとミア、お願いだからワタシと戦って。さあ早く。もういいわよね。それじゃいくわよ」

なんだかよくわからないけど、急遽斬座との戦闘が始まった。

俺とミアは、斬座を挟むように動き出す。悪いが二人がかりでいかせてもらう。

ん？　どうした。ミアが突然動かなくなった。

『タ、タクミ。どうしよう、身体がまったく動かない』

混乱しているミアを見て、斬座は笑いながら右手の指をクイッと上げる。

すると、ミアの足下から大量の糸が這い上がって来た。

しまった！　すでに糸が身体と接触しているから、バリアでは剥がせないのか！

『待ってろ。今、助けに――』

俺は恐怖で、これ以上言葉を続けることができなかった。気がつくと首元に滑らかな白い指が、添えられていたからだ。

恐る恐る振り向くと、そこには感情のない無機質な目で、俺をジーッと見つめている斬座がいた。

全身の冷や汗が止まらない。俺は死を自覚した――

「あっという間に全滅したな。これでわかっただろ？　斬座クラスの魔物に遭遇したら、様子を見る間もなく殺される。生殺与奪は相手の思うままだということが」

俺とミアは頷いた。ここまで何もできないのだと、わかったのは大きかった。

「ここで質問だ。もしも斬座クラスの魔物を見つけたらどうする？」

「……に、逃げる？」

「そうだ。一目散に逃げろ。絶対に目を合わせるな。いいな。これを守れなければ死ぬ。ここから先はそういう世界だと覚えておけ」

なるほど、だから斬座と俺達を戦わせたのか。死の恐怖を教えるために。

改めて斬座を見てみると、エンツォに怒られなくて済んだと、安心しているようだった。

この恐ろしく強い斬座ですら、エンツォには怯えている……一体どれだけ強いんだ？

「斬座さんクラスの強者を、見極める方法ってありますか？」

「簡単だ。タクミが過去に戦ったアラクネと斬座の違いはなんだ？」

「……斬座さんは、見た目が人に近く、流暢《りゅうちょう》にしゃべることができる」

「そうだ。Ｓランクより上は、知能が発達しているため言葉が通じる魔物が多い。さらにランクが上がれば、それだけ知能も高く言葉も流暢になる」

「ちなみに、斬座さんは何ランクに分類されるんですか？」

「ＳＳランクだ。ここの地下洞窟には、ＳＳランクが数体いる。ＳＳＳランクはいないから安心しろ」

マジか！　どうりで強いわけだ。


――その後、エンツォは地下洞窟へ行くための準備があると出かけていった。

一方、トレドさんとナポリ達の、俺達に対する態度は豹変し、謝罪と応援の言葉を残して仕事に戻った。

そしてエンツォを待っている間、斬座から話しかけられる。

「あなた達、エンツォの弟子なんでしょ？　どうすれば、あんな悪魔と一緒にいて無事でいられるの？」

俺とミアは言っている意味がわからず、同時に首をかしげる。

「……あなた達、何も知らないようね。フッフフフ。いいわ。せっかくの機会だから、アイツの数々の非道な行いを教えてあげる」

そう言うと斬座は辺りを見渡し、エンツォが戻っていないことを確認する。

「ワタシが魔族と一緒に、こんなところにいるなんて不思議に思わない？　初めてエンツォと出会ったときに戦って、ワタシは負けたわ。そしたら、殺すには惜しいから仲間になれって誘われたのよ」

おおっ、強者同士の出会いの瞬間か。あるあるの展開だけど、かっこいいな。

「けど、ワタシは断ったのよ。魔物のワタシが、魔族と一緒に暮らすなんて無理だと思ったの。そしたらアイツね、友達になりたいって言ってきたのよ」

「えー！　エンツォさんって、クールに見せて熱いタイプだったんですね！」

確かに意外な一面を見た気がする。

ミアはこの手の話が好きだよな。ノリノリになってきた。

「正直嬉しかったわ。けどね。それでもワタシは断ったのよ。自信がなかったの。ワタシなんてしょせんは蜘蛛じゃない。足なんて八本もあるのよ。一緒に歩く未来なんて描けなかったのよ」

ミアが「蜘蛛なんて関係ない。腕が二本あれば、お互い手を結び合えるよ！」と意味不明な言葉をかけていた。

「ミア、励ましてくれてありがとね。けど、そんなワタシにアイツはどうしたと思う？」

斬座の言葉にミアは首をひねる。

「ザクッとね。ワタシのことを殺したのよ」

「「――はい？」」


「殺すと魔石が残るじゃない。それに瘴気を吸わせて復活させる。それをひたすら、ワタシが友達になると言うまで繰り返したのよ！」

「えー！　魔石になって復活しても、前の記憶ってあるんですか!?」

お、おい、ミアさん。気になる部分はそこなんですか！

「もちろん記憶は残らないわ。けどね。アイツの持っている漆黒の刀。あれが持ち主とそっくりで危ないのよ。刀が纏っている黒炎、あれは魂に浸食するの」

「魂が浸食されると記憶が残るんですか？」

「さぁ、ワタシも理屈は知らないわ。けど、ワタシがやられたことはわかる。エンツォに殺される恐怖を魂に刻まれた。だから、復活するたびに、今まで殺された恐怖が蘇るのよ！」

「よく覚えているじゃないか。さすが親友だ。これなら、今後もオレ達の友情が壊れることはなさそうだな」


「「「えっ？」」」

隣を見ると、そこにはエンツォが立っていた。

「ヒィィィ、エンツォォォォォォがいるぅぅ！」

斬座が全身をガタガタ震わせ、叫び出した。

「斬座さん落ち着いて！　タクミ、ダメだ。エンツォさんを遠くに連れて行って！」

「クックック。昔話に花を咲かせていたのだろ。どれオレも参加してやろう」

「キェェェェェェェェェ――」


――その後、なんとかエンツォを引き離し、斬座のことはトレドさんにお願いした。

それにしても、恐ろしい話だった。

カルラ、君のお父さんは悪魔と呼ばれるほどのドS魔王でした。

第3話 新しいスキル

――俺達はエンツォの案内で、施設の外れにある地下洞窟の入り口まで歩いてきた。

入り口には重厚な扉が、幾重にも設置されていた。話を聞くと扉は魔道具になっていて、さまざまな効果が付与されているらしい。

この厳重さから、どれほど危険な場所なのか容易に推測できた。

「安心しろ。オレも一緒について行ってやる。だが油断はするな。あと、奥深くには行くなよ。瘴気でやられるぞ」

斬座の話を聞いた後だけに、魔物よりも鬼畜エンツォの方が不安なのは俺だけだろうか？

そして俺達は、エンツォに連れられて洞窟の中へ入る。


――洞窟の中には、あちらこちらに魔道具の灯りがあり、戦うには十分な明るさだった。

それにしても広い。天井まで二〇メートルぐらいはありそうだ。

ただし、道はかなり入り組んでいた。

「タクミとミアにこれをやろう。『携帯念話機』だけだと、はぐれた場合に合流できないからな」

エンツォが手帳のようなものを俺とミアに渡す。

「おおっ、これってゲイルがシラカミダンジョンで使っていた魔道具ですよね！」

「知っていたか。歩いた道を自動的に記録する魔道具だ。赤いマルは自分のいる現在地を指す。この魔道具は魔族の者が起動すれば、魔石エネルギーが切れるまでは誰が持っていても動作するのだ。お前達の役に立つだろう。常に持ち歩けよ」

これはオートマッピングの魔道具だ。

魔族の魔道具はマジで便利だ。四つの種族の中で、一番文明が発達していただけあって発想《センス》が良い。

「ありがとうございます。これすごく欲しかったんですよ！」

「なっ……あ、あげたわけじゃないぞ。まあ、たくさん持っているから、欲しければ持っていけ。早く行くぞ。無駄話している時間はない」

プイッと背を向け、俺達を無視してさっさと歩き出す。

ミアがクスクス笑っている。

なんだ……これはもしかしてツンデレ？

「とりあえずAランクの魔物を飼育している区画へ行く。一度戦闘しているミノタウロスはどうだ？」

「肩慣らしにちょうどいいですね。それでお願いします」

しばらく歩くと、エンツォは足を止めた。

「この扉の先がミノタウロスの区画だ。五〇体ぐらい居るはずだ。お前達は、まだAランクの適正レベルよりも下だ。気をつけろよ。あと、SPを温存する戦いを意識しろ。準備はいいか、開けるぞ?」

「ミア、俺から先に入るよ。戦い方は壁を背にして、光刃《ライトセーバー》を伸ばして戦う感じでいこう。あと念話はつなぎっぱなしでよろしく!」

「タクミも『いのちだいじに』でよろしく!」

昔遊んだゲームに、そんな戦い方があったな。

エンツォが扉を開く。

さぁ、ここからは狩りの時間だ。


扉の先は広い空間になっていた。

見渡すと、ざっと五〇体ぐらいのミノタウロスが放牧されていた。

俺がゾフの闘技場で戦ったミノタウロスより、二回りほど小さい。

そういえば、チャンピオンとか呼ばれていたよな。アイツが異常だったのか?

まあいいか。経験値さえくれれば文句はないし。

俺とミアは左右に分かれ、お互いのバリアが干渉しないよう距離を取る。

エンツォは入り口辺りに待機していた。

俺は光刃《ライトセーバー》を一気に七メートルほど伸ばす。うん、このぐらいかな。

いくら広いとはいえ洞窟の中だ。伸ばしすぎると、取り回しがきつそうだ。

ミアから念話が入る。

『タクミ。ミノちゃんは、声を出してこっちに呼び寄せればいい？』

『それでお願い。もしダメなら、俺達から倒しに行こうか』

ミアが手を振りながら大きな声を出すと、ミノタウロスはこちらに気づき、グゴォォォォと叫びながら突進してきた。

こうして始まった戦闘は、圧倒的なリーチの長さと火力を誇る光刃《ライトセーバー》を振り回すだけで終わった。

とても戦闘とは言えない、ただの作業だ。

俺とミアが物足りなそうにしていると、エンツォがニヤリと笑う。

「なかなか良い戦い方だったぞ。戦闘とは言えない一方的な蹂躙《じゅうりん》劇。なかなかの鬼畜っぷりだ」

うっ……お前にだけは言われたくないんだけど。

「物足りないのはわかるが、とりあえずレベルを四五にするまでは、このままでいく。あんな雑魚《ざこ》でも、一撃をモロに受ければ、今のお前達では死ぬ可能性があるからな」

本当は戦闘経験も積みたいので、この空間を走り回りながら戦いたい。

だけど、エンツォが言うようにそれは今じゃない。

とりあえず、この戦法で目標であるレベル四五を目指すことになった。

――二時間後、俺とミアのレベルが四五になった。

「今まで倒してきた相手は単純なパワー型の魔物だ。残念だがもう残っていない。これからは癖のある魔物が相手になるぞ」

脳筋相手のボーナスステージは終わりみたいだ。

「今のお前達では下手すると死ぬ。だから、ヤツらと戦う前に少しオレが鍛えてやろう。クックク」

ま、まずい。斬座から話を聞く限り、まともな手合わせとは思えない。

「い、いや。Aランクの魔物なら、今の俺達でもなんとかなりそう……かなと」

「遠慮することはない。それに今の戦い方ではレベルは上がるかもしれんが、戦闘技術は上がらん。それはお前達もわかっているだろ?」

「は、はぁ……」

「それなら、タクミだけでいいんじゃないかな。わたしは、そもそも生産職だし」

こ、こいつ。俺を生け贄にして、一人だけ逃げるつもりか⁉

「安心しろ。タクミだけじゃなく、ミアもしっかり鍛えてやる。ミアも死にたくないだろ?」

「ヒィイイイイ……」

こうして俺達はエンツォに魔物のいない区画へと連れて行かれたのであった。

「今からオレと組み手をする。バリアと武器による攻撃は禁止だ。それ以外はスキルも含めて自由にしろ。オレを殺すつもりで来い」

　エンツォがニヤリと笑う。

　レベルが上がって、どのぐらい動けるようになったのか試したい。

　だけど、バリアなしか……そんな戦闘、いつ以来だろうか。

　ミアを見ると、バリアなしというルールにドン引きしていた。

「わかりました。俺からいきます」

「何を言っているんだ？　時間がないのだ。二人同時にこい」

　ミアを見ると、首をプルプルと横に振っていた。

『うん。わかるよ。痛いのが怖いんだろ』

　ミアがコクコクと頷く。

『だけど、相手はエンツォだ。諦めてくれ』

『タ、タクミが冷たい！　この薄情者ぉ！』

　ミアの嘆きを無視して、俺は戦闘態勢を取る。

　エンツォが指でかかってこいと合図する。

　ミアは渋々だがエンツォの背後にまわり、俺と挟撃できる場所に移動した。

　なんだかんだ言っても、ちゃんと連携が取れるあたり、さすがミアだ。

俺とミアはタイミングを合わせ、同時にエンツォを攻めた。

今までと比べものにならないぐらい身体が軽い。

しかし、俺とミアの突きや蹴りをエンツォは簡単に躱す。

二人で挟むように攻撃しているのに、まったく当たらない。

『す、すごい。あれって後ろからの攻撃が見えてるの？』

『確かにエンツォはすごい。けど、ミアは気づいているか？　この戦闘の最中でも、俺達の身体がどんどん軽くなっているぞ』

『え？　あっ、本当だ！』

『たぶんだけど、レベルアップで向上した身体能力に、頭が追いつき始めてるんだと思う。今まで単調な作業しかしてこなかったからな』

よし、いいぞ。徐々にフィットしていくのがわかる。

俺とミアの動きにキレが増し、攻撃速度が上がる。

しかし……それでもエンツォには当たらない。

今までとは比べものにならないぐらい身体が動くのに……エンツォとの差が絶望的に大きい。

そう思った瞬間、俺とミアは蹴り飛ばされていた。

「グハッ……」

壁に激突して、一瞬息が止まる。

痛ぇ……一体、今のでどのくらいＨＰが減ったんだ。

なっ、『ＨＰ３００／４５０』だと！

たった一撃で……マジか。

ミアは大丈夫か？　隣でなんとか起き上がろうとしているミアを見ると、涙目で俺を睨んできた。

ちょ、ちょっと待て。睨む相手が違うからね。

「……やめだ。お前達はふざけているのか？　それとも力の差がわからないのか？」

その言葉に、ミアがフラフラになりながらも反論する。

「な、何言ってるんですか！　全力で攻撃してましたよ！」

「タクミはどうなのだ？」

「俺も全力だった。だけどバリアが使えないから、攻撃のバリエーションが作れないんだ」

「斬座のときもそうだったが、なぜスキルを使わない？　レベル差のある相手に正面から挑むなど愚の骨頂だ！」

くそっ、俺だって使えるなら使いたい。

大半の異世界人は、攻撃魔法や剣技、バフやデバフなどの補助魔法などが使えるんだろうが、俺とミアのスキルは戦闘では役に立たないんだよ！

何かを察したのか、エンツォは急にまじめな顔になった。

「……使わないのではなく、使えないのか？」

「俺とミアの『スキルの素』は戦闘向きじゃないんだ。汎用性は高いからアイデア次第でどうにでも活かせる自信はある。けど、どんなにスキルを成長させても発動するのに一分かかってしまう。戦闘中には使えない……だから装備に頼っているんだ」

エンツォは少し考えた後、口を開く。

「お前達の『スキル』が何かは知らないが、発動時間を減らす方法があれば戦闘でも使えるのだな？」

俺は頷く。

「昔、異世界人がオレに戦いを挑んできたときに、気づいたことがある」

エンツォは右手を振ると、その手には真っ赤な石が握られていた。

それを俺に軽く投げてよこした。

「その石に『スキル』を使ってみろ。いや、『スキル』を込めるという方が正しいか」

スキルを石に込めるという意味がわからんが、俺はスキル『分析』をその石に使う。

一分経過してもステータス画面は表示されなかった。

その代わり真っ赤な石の中心が鈍く輝き出した。

「おおおっ、やはりか！　クックック。その石を思いっきり壁に投げてみろ」

俺は言われた通り、全力で石を壁にめがけて投げつける。

壁にぶつかった石が砕けた瞬間、ステータス画面が表示された。

【名前】洞窟の壁

【耐久力】68
「「は？」」

俺とミア、そしてなぜかエンツォからも驚きの声がこぼれた。

「タクミよ。なんの『スキル』を石に込めた？　壁の情報が表示されているぞ」

「そういう『スキル』を石に使ったんだ。もしかして……石が割れたから『スキル』が発動したのか？」

「たぶんな。そうか……あれもスキルの効果だったのだな。ということは……やはりオレの推測は正しかったのか」

す、すごい！

この石があれば、俺のスキルの使い道が広がる！

俺はエンツォのもとに駆け寄る。

「エンツォさん、その赤い石はどこで手に入りますか⁉」

「ま、待て、そんなに慌てるな。この石は『ざくろ石』といって、世界中のどこにでもある石だ」

「え？　見たことないですけど」

「いや、気づいていないだけだ。このざくろ石は『魔石』の原石だ。この石に『罪』が浸食すると魔石になる」

えっ！　あの赤い石が魔石の原石だって⁉

だけど、今まで旅をしてきたが、赤い石なんて全然見かけなかったぞ。もしかして……。

「さっき実験に使ったざくろ石って、元は魔物の魔石でした？」

「さすがタクミだな。気づいたか。そうだ。あれはDランクの魔石だったものだ。魔石をどうやってざくろ石に戻すかわかるか？」

ざくろ石に『罪』が溜まると魔石になる。それなら、魔石から『罪』を抜けばいい。

「魔道具で魔石に蓄えられている『罪』を使い切る。そうすれば、ざくろ石に戻るのでは？

しかも魔石の大きさで」

「正解だ！　あとは魔石を単純に壊しても、ざくろ石になる。壊れると『罪』が放出されるからな。ただ、その場合はざくろ石も砕けて小さくなってしまう」

なるほど。魔物を狩って集めればいいのか。

大きいのが欲しければ、高ランクの魔物を倒せばいいと。

確かに簡単に手に入るな。

「す、すごい裏技。それにしても、今までざくろ石を使って『スキル』を使っているところを見たことないんですよね。もしかして……魔族だけの裏技だったりします？」

なるほど、ミアの中では裏技判定なのね。

「いや、誰も知らんぞ。オレも今初めて知ったところだからな。昔、オレに戦いを挑んできた異世界人がスキルを使おうとしたとき、発動に失敗したことがあったのだ。魔道具から『罪』エネルギーが空になった魔石を取り出しているところだったんだが、オレはそのとき石が輝くのを見たのだ。だから、推測はしていたが……確証は得られなかった」

「試さなかったんですか？」

「魔族は呪いのせいでスキルを覚えられん。ドワーフ族に協力してもらったときは、ざくろ石にスキルを込められなかった。人族とエルフ族では試していない。本当は異世界人で試したかったのだが……アイツらオレを見ると『魔王だ！』と叫んで襲ってくるからな」

　魔族のことを戦闘好きだと思っていたが、魔族から見ると異世界人の方がよほど戦闘好きだったとは。

「ドワーフ族のスキルで無理だったことを考えると、異世界人のスキルでしか発生しない現象なのかもしれん。ざくろ石には『罪』や『瘴気』を取り込む性質がある。そして異世界人のスキルは『スキルの素』から構成される。そう考えると『スキルの素』は、『罪』や『瘴気』と何らかの関係があるのかもしれんな」

　ヤバい。おもしろい。これはすごい武器になりそうだ。

　そして俺達は、ざくろ石について簡単な検証をしてみた。

　その結果はこんな感じだ。

・ざくろ石に込められるスキルは一種類だけ。
・スキルを込めたざくろ石に、後から別スキルを込めることはできない。

エンツォはその結果に満足したようだった。そして俺達のほうに向き直る。

「予定を変更する。時間を与えるから二人でざくろ石を使った戦術や、新しいスキルを考案してみろ。そっちの方が戦闘技術を磨くよりも、遙かに効果がありそうだ」

それは俺達にとっても、ありがたい提案だった。

俺達の手持ちのスキルは戦闘に向いてない。

つまり、今のままではざくろ石を戦闘に活かしきれない。

「周りを気にせず、いろいろ試したいこともあるだろう？　だから、この場所を使え。ここの区画には魔物は出ないから安心していいぞ。オレもやることができたので一度ゾフに戻る。終わったら念話で連絡してくれ」

エンツォは俺達に「これを使え」と、たくさんのざくろ石を置いていってくれた。

◇

――俺がこの区画に転送魔法陣を設置すると、エンツォはゾフに戻った。

「ミア、これからどうしようか？」

「スキルの開発は各自でやるのはどう？　自分の『職業』と『スキルの素』は、自分が一番理解していると思うの」

確かにそうだな。

「じゃあ、アイデアが思いつかなくて困ったら声をかけることにしよう」

こうして俺とミアのスキル開発が始まった。

この世界に来たばかりの頃を思い出す。あの頃は手探りでスキルを開発してたよな。

だけど、今ではある程度の知識がある。もう一度この世界のルールを確認しておくか。

・スキルは『スキルの素』から構成される。
・スキルは『職業』に関連したものしか身につけられない。
・スキルの性能や効果は、使用者のイメージに大きく影響される。

とくに三つ目の『隠しルール』は重要だ。

自分が無理だと思うことは、スキルでも無理になる。

逆にできると思えば、スキルにその効果がつく。

次は俺の『スキルの素』の確認だ。

・『接触』触っている対象への効果を上げる。
・『変更』変更の効果。
・『文字』文字の効果。

今思うと、この抽象的な説明がポイントなんだろうな。

この説明をどう解釈するのか？

広義とするか、狭義とするか。

隠しルールを知っている俺からすれば神設定だけど、知らない人にとっては罠にもなる。

理屈で考えるな。屁理屈で考えるんだ。

俺の職業はハッカー。それに関連するものをヒントにスキルを考えていこう。

こうして、俺達はスキル開発に没頭したのだった――

◇

――ふぅ。これでできたスキルは三つ。応用も利くし、戦闘でも使える。

我ながら、なかなか良いスキルができたと思う。

さてと、ミアと合流するか。

えーっと、見つけた。あんな遠くまで離れていたのか。

ミアに近づき声をかけるが、真剣な表情のまま返事がなかった。

あら、まだスキルを考え中だったかな。

とりあえず肩を叩こうと触れた瞬間、ミアが岩に変化した。

「なっ、なんだ!?」

「ふっふふふ。やったー！　タクミ、騙されたわね！」

「…………」

「ん？　あれ、もしもし。ごめん。ビックリしすぎた？」

俺が触れたミアが岩になり、なぜか俺は背後からミアに話しかけられている。

何が起きているんだ？

幻術？　けど幻影系のスキルは俺には効かないはず。

精神攻撃耐性の装備を身につけているからな。

「ミア、降参だ。さっぱりわからない。これは新しいスキル？」

「ええ。スキル『現実絵画《だましえ》』の効果よ」

「トリックアートってこと？　でも、あれは絵に近づいたり、角度を変えて見たりするとすぐに見破れるよな。ミアに近づいても、偽物だってまったくわからなかったんだけど」

「トリックアートは錯覚とかを利用して描くんだけど、わたしのスキル『現実絵画《だましえ》』は、写真のような写実的な絵を描いて、それに音や匂い、存在感などの『特徴』を付与しているの。だから絵だけど現実と区別がつかないのよ。おもしろいでしょ？」

「いやいや、おもしろいって……すごすぎでしょ！」

なるほど、俺にスキルを使ったわけじゃない。

ミアは、岩にスキル『現実絵画《だましえ》』を使ったんだ。

だから、精神攻撃耐性のアクセサリーは機能せずに、俺は騙されたってわけか。

「急にだまし絵のミアが消えたようだけど、あれはミアがスキルを解除したから？」

「スキル解除もできるけど、さっきのはタクミが絵に触れたからよ。だまし絵の効果は何かが触れると解除されちゃうの」

「これは使える！　ちなみに、どんなものでも描けるの？」

「わたしが見たことあるものしか描けないわ。あとはスキルを発動するのに最低一〇分。一〇秒ごとにＳＰが一消費するの。絵のサイズが大きくなると、それに比例して発動までの時間やＳＰの消費も増えるわね」

「さっきのは、描くのにどのくらいかかったの？」

「『わたしの絵』と『隠れる用の岩の絵』の二枚を描いたんだけど、合わせて発動するのに二〇分。一〇秒ごとにＳＰが二消費したかな」

　ああ、なるほどね。俺が話しかけたミア、そして俺の後ろに隠れるための岩。さっきは、この二つに『現実絵画《だまし絵》』を使ったってことか。

「けど、準備はどうするんだ？　スキルを使いたいときに、なかなか絵を描く時間まで取れなそうだけど」

「だから、事前に絵をざくろ石に込めるのよ」

　そう言うと、ミアは取り出したざくろ石を近くの岩に投げつけた。すると、ざくろ石が当たった岩が、俺《タクミ》の姿になった。

「どう？　これで時間の問題は解決よ。ただし事前に使えそうな絵をざくろ石に込めておかないといけないけどね。ストックが溜まるまでは徹夜になるかも」

　ミアはうんざりと言わんばかりのポーズをとりながらも、表情はうれしそうだった。

俺は改めて、ミアにステータスを見せてもらった。

【名前】ホシノ　ミア
【職業】画家
【レベル】45（New）
【HP】450／450（New）
【SP】414／450（New）
【スキルの素】
・『素材』対象を素材にする。
・『特徴』特徴の効果。
・『表現』対象を表現する。
【スキル】
・『デフォルメ』素材の特徴を誇張、強調して簡略化・省略化して実現できる。
・『現実絵画《だましえ》』素材の特徴をリアルに表現した絵を描ける。

『デフォルメ』と違って、『表現→実現』に改ざんしても、効果は変わらなそうだ。

スキル『現実絵画《だましえ》』の絵は、すでに現実と区別つかないレベルだったからな。

ミアの『スキルの素』と『職業』の組み合わせは、相変わらずチートだ。

「それで、タクミの方はどうだったの？」

俺は新しいスキル『ｐｉｎｇ』『スキャン』『ルーター』をミアに説明することにした。

「ミアは『ｐｉｎｇ《ピン》』って言葉を聞いたことある？」

ミアは首を横に振る。

「簡単に言うと、ネットワーク上につながっているパソコンやスマホなどの機器に信号を送って、応答が返ってくるか調べるコマンドのことなんだ。俺はこれをヒントに、スキルを作ってみた」

そう言うと、俺はミアに向かってスキル『ｐｉｎｇ』を使う。

「あっ、ピクッ、ピクッて振動のようなものを感じる。微弱な電気が流れる感じっていうのかな」

えっ、そうなの⁉　『ｐｉｎｇ』を使った相手には、何かされているのがバレるのか。

まあ、大した影響はないからいいんだけど。

それにしても、やっぱり実験は大切だな。ミアがいてくれて助かった。

「それで、このピクッ、ピクッてするのがどうしたの？」

「このスキルを発動している間、『ｐｉｎｇ』を使った相手がどこにいるか、感覚的にわかるようになるんだ」

ミアが首をかしげているので、実際に効果を見せることにした。

「俺は今から目をつぶったまま、ミアを指差し続けるから、ミアは自由に動いてみてくれ」

右手の人差し指でミアを差しながら、俺は目をつぶる。

音を立てないように、ミアがゆっくりと俺の背後へ移動しているのがわかる。

実際の動作が見えているわけではなく、対象の位置が感覚的にわかるのだ。

それから少しすると、ミアのいる方から拍手の音が聞こえたので目を開く。

「タクミの言っている意味がわかったわ。遠くに離れたり岩に隠れたりもしたけど、ちゃんとタクミの指はわたしのいる方を差していた。けど、コレがなんの役に立つの？」

俺はざくろ石を取り出し、ミアに渡した。

「ミア、そのざくろ石には『ｐｉｎｇ』が込められている。それを俺が持つこの小石にぶつけてくれ」

言われた通りにした瞬間、ミアは目を大きく見開いた。

「な、何これ。不思議な感覚ね。確かに、その小石の位置がわかる」

「それじゃあ、今度は目をつぶってくれ」

ミアが目をつぶったのを確認したあと、俺は小石をミアの足にめがけて投げた。

カンッ――。小石はミアの心の壁バリアで弾かれた。

「どう？　なんの役に立つかわかった？」

「す、すごい！　石が向かってきたのがわかった。それに目で追う必要がないから、今までよりもずっと早くバリアが発動できた。これなら暗闇とか、視界の悪いところでもバリアが使えるね」

実際に体感して、ミアもこのスキルの素晴らしさがわかったようだ。

さらに付け加えると、ざくろ石を使うことでミアもこのスキルが使えるのだ。

「だけど、この『ｐｉｎｇ』を使うときって、まず相手の前まで行かないと使えないの？　強い相手だと、『ｐｉｎｇ』を使うチャンスがなさそうよね」

さすがミア、良いところに気がつく。そこで二つ目のスキル『スキャン』の出番だ。


「さっきの『ｐｉｎｇ』は、ネットワークの世界だと相手の〝ＩＰアドレス〟という、住所みたいな情報がわからないと使えないんだ。逆に言うと、ＩＰアドレスさえわかれば、相手が目の前にいなくても『ｐｉｎｇ』は使える」

「ということは、直接会う前に、その相手のＩＰアドレスがわかればいいってこと？」

「その通り。そこで次のスキル『スキャン』が役立つ。ネットワークスキャンっていう、ネットワーク上に存在する機器の情報と、それぞれのＩＰアドレスを収集するコマンドがあるんだけど、それをスキルにしてみたんだ」

これも説明するより、実演してみることにした。

「俺は後ろを向いているから、収納ポケットに入っている魔道具を適当に隠してきてくれ」

「魔道具でいいのね。わかったわ」

少しするとミアが戻ってきた。

「隠したわよ」

「それじゃあ、今から俺のスキル『スキャン』の効果を説明するよ」

俺は地面に右手をつき、スキル『スキャン』を使う。

――五分経過。俺の頭の中に『スキャン』の結果が流れてきた。
・魔道水筒　一つ
・魔道地図　一つ
・魔道ランタン　一つ
「ミアが隠したのは魔道水筒、魔道地図、魔道ランタンの三つだ」

「あ、合ってる！　どうしてわかったの？」

「探したいモノを意識しながら『スキャン』を使うと、その情報が頭の中に流れてくるんだ。今回は魔道具を意識したけど、当然魔物とかも対象にできる」

「それが『ｐｉｎｇ』に役立つの？」

「ああ。すごく役立つ。『スキャン』で見つけたものを対象に『ｐｉｎｇ』が使えるんだ。今の三つの魔道具に『ｐｉｎｇ』を使うと……」

俺はミアが隠した三つの魔道具を、探すことなく拾ってくる。

「こんなことができるんだ。だから事前に『スキャン』をしたうえで、対象に『ｐｉｎｇ』を使えば、常に場所が特定できる。どう、便利だろ？」

「べ、便利すぎるわ！　これ、どのぐらいの範囲まで使えるの⁉　制約とかは？」

「地面をネットワークに見立てているから、俺も対象も地面に接触している必要がある。『スキャン』の探索範囲は、スキルの発動時間を長くすれば、その分だけ範囲が広がるよ」

このネットワークについては、Ｗｉ－Ｆｉ《ワイファイ》をイメージすることで、空中も探索範囲に含めるアイデアを思いついたが、スキルの素である『接触』の条件から外れてしまうので断念した。

「えっ、ちょっと待って。これって仕掛けられた罠を見つけることもできるんじゃない？　そうなると、宝箱も見つけられる！」

……さすがミア、宝箱に対するこだわりがハンパない。そういえば以前もアラクネがいた廃坑で宝箱を探していたよな。

「えーっと、あと一つスキルがあるんだっけ？」

「ああ。最後のスキルはすごいぞ。なんと『ルーター』だ！」

「…………ごめん。何それ？」

うっ……まあ、そうなるよな。

「『ルーター』っていうのは、異なるネットワークに接続するときに使う機器なんだ。言い換えると行き先を道案内してくれるのが『ルーター』の役割だ」

「あっ、思い出した。インターネットに接続するために家に置いてあった、お弁当箱みたいなやつだよね？」

うんうん。それで合ってる。俺は笑って頷いた。

「簡単に言うと、ミアがＷｅｂサイトを見ようとしたとする。けど、そのＷｅｂサイトのサーバーって、ミアの家の中にはないよな？」

「当たり前じゃない。インターネットの先のどこかにあるんじゃないの？」

「そう、インターネットでつながった先にWebサーバーがある。けど、ミアのパソコンやスマホは、どうやってそのWebサーバーまでたどり着く？　そこで活躍するのが『ルーター』だ。迷子にならないように行き先を道案内してくれるんだ」

「なんとなくわかった……気がするわ。それでタクミのスキル『ルーター』も、道案内してくれるってことよね？」

「そういうこと。これも実際に見てもらった方が早いから、ちょっと待ってて」

俺は右の掌《てのひら》に、スキル『ルーター』を使う。

このスキルも発動するまでに一分かかる。

「よし、準備ができた。それじゃあ、その辺に落ちてる石を、俺の掌に投げてみて」

ミアは頷いた後、拾った石を俺の掌にポイッと投げた。

するとミアの投げた石は、俺の手と触れそうになった瞬間、ミアのもとに戻ってきた。

「へ？」

ミアは目をパチパチとさせた後、何が起きたのか教えてと俺の顔を見た。

「俺の右手をルーターにしたんだ。来たモノを、来た場所《道案内》へ戻る設定をしてね」

ミアは何かを考えたまま固まってしまった。

そして、突然我に返ったように叫び出す。

「えーっ！　すごい。すごすぎる！　チートだよ、チート！」

うん。俺もこのスキルの効果はチート級だと思っている。何より応用が利くところが良い。

さてと自分のステータスを確認してみるか。

【名前】ナルミヤ　タクミ
【職業】ハッカー
【レベル】45（New）
【ＨＰ】４５０／４５０（New）
【ＳＰ】４２８／４５０（New）
【スキルの素】接触、文字、変更
【スキル】分析、改ざん、なりすまし、ｐｉｎｇ（New）、スキャン（New）、ルーター（New）

「これからどうするの？　エンツォさんに、スキルの開発が終わりましたって連絡する？」

「いや、まだダメだ。次に会ったとき、また戦闘訓練になると思うんだ。俺達がどのぐらい強くなったかを確認するために」

「うん。確かに戦うことになりそうね。だけど、次は結構いい感じに戦えると思うの。いや、せっかくだから倒しちゃう？」

「さすがミア。そうこなくちゃな。少なくとも、蹴られた借りは返しておこう」

そう言ってお互いの視線が合ったとき、どちらからともなく吹き出した。

はぁ……一仕事終えた後の徹夜明けのような気分だ。

こうして俺達はハイな気分のまま、エンツォ対策を練るのであった。

◇

「それで新しいスキルは生まれたのか？」

俺が念話すると、エンツォはすぐに転送魔法陣を使ってここに戻ってきた。

「はい。スキルだけじゃなく、ざくろ石の検証もある程度終わってます」

「ほほう……ということは、次の戦闘では成果を見せてくれるのだな？」

俺が頷くとエンツォはニヤリと笑った。

予想通りエンツォと再び戦闘訓練をすることになった。

俺とミアはスキル『ｐｉｎｇ』を込めたざくろ石を使う。対象はもちろんエンツォだ。

「ん？　……クックククク。準備は良さそうだな。そろそろ始めるぞ」

俺達は頷き、戦闘態勢をとった。

スキル『ｐｉｎｇ』を使われた相手は、スキルが解除されるまで微弱な電気が流れるような刺激を感じる。その違和感を覚えたエンツォは、すでに俺達がなんらかのスキルを使ったと判断しているのだろう。

エンツォが指で、かかってこいと合図を送ってきた。

「いくぞ！」

俺のかけ声と共に、ミアはエンツォの背後に回り込む。

先の戦いと同じように、俺とミアは前後で挟むように攻撃する。

しかしエンツォは慌てることなく、すべてを避ける。

「スキルを使ったようだが、何も変わっておらんぞ。この程度か……」

エンツォの姿が消えたと思った瞬間、左後方から俺の脇腹を狙った蹴りが飛んできた。

どんなに早く動かれても、俺は『ｐｉｎｇ』の効果でエンツォの位置が感覚的にわかる。

目で追わず左腕だけを動かして蹴りを防ぐ。

「…………」

攻撃を凌がれたエンツォは、一瞬驚いたようだ。そして俺の様子を探るように、高速移動からの打撃を繰り出してきた。

この戦いはバリアを使えないので、両手両足を使って攻撃を防ぎ続ける。

しかし、エンツォから放たれる攻撃の威力が徐々に上がり、蹴りの威力に押された俺は、とうとう後方へと吹き飛ばされてしまった。

「どういう仕掛けかは知らんが、少しは成長したようだな。しかし、いくら防ごうが、攻撃の威力を上げれば防御したところでダメージを負うぞ」

確かにその通りだ。

だから、お前は攻撃の威力を上げるしかないんだよ。

「これで終わりだ」

エンツォの足下で小さな爆発が起こり、一瞬で俺との距離が詰まる。その勢いのまま、エンツォは俺の顔面めがけて拳を繰り出した。

速い！　俺はなんとか右手をエンツォの拳の軌道に入れる。

間に合えぇぇぇぇ！

しかし、そんな俺の努力をあざ笑うかのように、エンツォから言葉がこぼれる。

「そんな防御では、この攻撃は防げんよ」

エンツォが勝利を確信した瞬間、目の前の世界がグラッと揺れた――

◇

――何が起きた？

ダメだ。頭が混乱している。

目がチカチカしやがる。

膝をつきそうになるが、なんとかこらえた。

魔王と恐れられるオレが、そんな無様な姿を晒せるか。

クックク。それにしても、やってくれたな。

目の前で平然と立っているタクミを見て、笑みがこぼれた。

◇

「今のは良かったぞ。新しいスキルの効果か？」

エンツォが血を含んだツバを吐き捨てた。

よしっ！　ここまでは作戦通りだ。

俺は右手にスキル『ルーター』を使い、エンツォの拳に触れて行き先を変えた。

新たな行き先は、エンツォの顔面だ。

俺の防御を突破しようと、威力を高めたパンチ。それも意識外からモロに食らったんだから、さすがにダメージは入っただろ。これで俺の借りは返せたかな。


『ミア、そっちの仕込みは終わった？』

『うん。終わってるから大丈夫よ』

ミアの方は準備ができたようだな。

エンツォは、まだ多少なりとも混乱しているはず。今がチャンスだ。

これより、第二フェーズに突入するぞ！

俺はエンツォに向かって駆け出した。

まだ動揺しているせいか、今まで躱されていた俺の蹴りがエンツォに当たる。

まあ、当たるといっても防御されているのだが。

余程、さっきの顔面への攻撃が効いたみたいだ。

何しろ、威力増し増しのエンツォ自身が放った拳だ。

俺の拳なんかよりも、さぞ効いたことだろう。


それからも、ひたすら攻撃を畳み掛ける。

エンツォはすべての攻撃を躱すことなく、腕や足を使って防ぐ。

……なるほどな。動揺していたわけじゃなく、確認していたのか。

エンツォは、さっきの攻撃はカウンター効果のあるスキルを使われたと思っているんだ。

だから、防御一辺倒にすることで、カウンターを食らわないようにしながら、俺のスキルの効果や発動条件を見極めようとしているに違いない。

だけど悪いが、俺の出番はここまでだ。

「なっ！」

エンツォから驚きの声が漏れる。俺の蹴りを受けとめたエンツォの右足が、自分の意思とは関係なく後方へと引っ張られたのだ。

エンツォはそのままズルズルと、緩やかな坂を三メートルぐらい上っていく。

俺は右足で蹴りを放ちながら、スキル『ルーター』を発動したのだ。

いや、正確に言うと発動してから一分経ったのだ――

俺のスキル『ルーター』は、発動に一分かかる。それを解決するのがざくろ石なのだが、警戒しているエンツォを相手に、バレないように石を使うのは難しかった。

だから、スキルを発動して効果が現れるまでの一分間。そのときを待っていたのだ。

いつものエンツォなら、蹴りを当てることさえ難しいが、様子を見るために躱さずに受けたのが間違いだったな。

さあ、ここからはミアの番だ。

◇

くっ、何が起きているのだ？

足が見えない何かに引っ張られていく。

どんなスキルを使ったのか知らんが、本当に厄介だな。

これまでの行動から、単純な攻撃系スキルではないと思っていたが……さすがはタクミだ。おもしろい。

とりあえずこのまま坂を上り、タクミから姿を隠したところで、力尽くでスキルを解いてみるか。

そして、引きずられるまま坂を上りきったとき、オレは目の前の光景に愕然とした。

「バ、バカな……何が起こっている」
なんと、地面に巨大な裂け目ができていたのだ。
こんな裂け目はなかったハズだ。まさか、オレをここに呼ぶ前に作ったのか？
いや、これほどの大きさと深さの裂け目を人の手で掘るなど不可能だ。
ということは、これもスキル……なのか？
確証がない以上、このまま落ちるわけにはいかない。
オレはＳＰを変換して土魔法を放つ。
すると地面が二メートルぐらい隆起し、穴の手前に土の壁ができた。
その壁に身体を預けて一呼吸つこうとしたとき、急にミアの気配がした。
気配のした方向を振り向くと、驚いた表情をしたミアが立っていた。
さっきのは、ミアのスキルか？
何かされる前に、とりあえず倒す。
オレは立ち尽くすミアに接近し、足に軽く蹴りを入れる。
その瞬間、ミアの足が砕けた。
「なっ⁉」
そんなバカな。オレは軽くしか蹴っていないぞ。
慌ててミアのほうを見たら、ミアだったものが岩に変わっていた――
ペチッ！

ん？　なんだ？

オレの背中に何かが触った。

振り返ると、ミアがオレの背中に拳を打ち込んでいる。

「これって、一本取ったことになりますよね？」

ミアが嬉しそうに笑う。

「――クックク。アハハハハハ。オレの負けだ。まさかこんな短時間でここまで成長するとはな」

「訓練は終わりってことでいいですか？」

どうやら、タクミも坂を上ってきたようだ。

◇

「ああ。これだけ戦えるなら、残りのAランクの魔物も倒せるだろう。ところでタネ明かしはしてくれるんだろうな？」

エンツォがウインクをしながら言うと、俺とミアから笑みがこぼれる。

スキルの使い方のアドバイスも欲しかったので、俺達は新しく開発したスキルについて簡単に説明した。

「かなり汎用性の高いスキルだな。火力に関しては攻撃系スキルに劣るが、相手からすると一番厄介なスキルだ。とくに『ルーター』は一度食らうと、次から迂闊《うかつ》に攻撃できなくなる」

俺のスキル『ルーター』は、接触したモノの行き先を自由に変えられる。

エンツォが自分の顔面に拳を入れたときは、『ルーター』で『俺の顔面』から『エンツォの顔面』に行き先を変えたのだ。

エンツォの足が引っ張られたのは、『ルーター』によって行き先を巨大な裂け目近くの石の場所に変えたからだ。

ちなみに、『ルーター』は行き先を変えるだけなので、あのときエンツォが足を止めていれば引っ張られることはなかった。エンツォが止まろうと、いろんな方向に力を入れれば入れた分だけ、引っ張られる力も大きくなる。初見だと、まずパニック状態になるだろう。

ただし、この万能に見える『ルーター』には二つの制約がある。

一つ目は『対象』と『行き先』をスキル発動時に設定しておく必要があること。

二つ目は『対象』と『行き先』は、『スキャン』で取得した情報からしか選べないこと。

つまり、使うには事前準備が必要なのだ。

そして、どこまでが『対象』に含まれるのか？　これについてもミアと検証して、ある程度はわかっている。

接触しているモノに関しては『対象』に含まれるが、非接触なモノは『対象』に含まれなかった。つまり、相手が手に持っている剣は『対象』になるが、投げられた剣は『対象』にならないということだ。

「あとミアのスキル『現実絵画《だましえ》』だが、実物そのものの存在感を表現できるのは凄まじい効果だ。あれはスキルが解除されるまで見破ることは困難だろう。絵を描くという発動に時間がかかる問題も、事前にざくろ石に絵を込めることで解決できる。戦闘時だけでなく、罠や交渉にも使えるだろう」

エンツォの言う通り、『現実絵画《だましえ》』はさまざまな用途で使える。発動中はSPが減るので、日をまたぐような長時間の維持は厳しいが、それが問題になるようなことは稀《まれ》だろう。

そして、このスキルは人にもかけられる。

先のエンツォとの戦いでは、ミアは三か所にスキル『現実絵画《だましえ》』を発動していた。地面に『巨大な裂け目』、岩に『ミア』、そしてミア自身に『岩』だ。

『現実絵画《だましえ》』は動いたり触られたりするとスキルが解けてしまうので、自分にスキルをかけている間は動くことができない。その制約があるとしても、匂いや気配といったものが、すべて岩の特徴に上書きされるのだ。ヤバすぎるだろ。


——それからスキルの使い方について、エンツォからいくつかのアイデアをもらい、残りのAランクの魔物を狩る許可が出た。

エンツォ曰く、エルフや異世界人との戦いになった場合、相手は魔道具やスキルを使ってくる。だからこそ、癖のある魔物との戦いは、ちょうど良いシミュレーションになるとのこと。

「狩りに行く前にコレを渡しておく。タクミとミアはオレに勝ったのだ。褒美がないのでは魔族の王としての沽券《こけん》に関わるからな。持って行け」

エンツォから受け取った褒美は、細身のバングル型のブレスレットだった。材質は魔銀《ミスリル》っぽいな。

「これは収納の魔道具だ。頻繁に使うアイテムを出し入れするのに重宝する」

そう言うと、エンツォは手を振る。

すると手には、例の漆黒の刀が握られていた。

俺とミアが驚いていると、また手を振った。すると刀は消えていた。

「収納できる容量は少ないが、少ない動作で自由に取り出せる。とくにざくろ石を欠かせないお前達は重宝するだろう。これは魔族の魔道具だから、本来は人族には使えん。だが、お・・・前達ならなんとかできるのだろ？」

「なぜ、そう思ったんですか？」

「カルラから、リドの認識阻害の魔道具が壊れたとき、タクミが直してくれたと聞いた。壊れた魔道具は、普通は魔族にしか直せん。ドワーフ族でも無理なのだ。それに転送魔法陣と『携帯念話機』のアーティファクトだ。あれはドワーフ族には作れん。作ったのはお前達なんだろ？　そう考えると認識阻害の魔道具も、直したのではなくアーティファクト化したと考えると辻褄《つじつま》が合う。違うか？」

こんなにあっさりバレるとは……この異常者、頭キレすぎだろ。

ここは口封じか？　いや、絶対に無理だ。おそらく斬座のようにトラウマを植え付けられるだけだ。

それに、この魔王エンツォという男。根拠はないが俺達に無理強いするようなことはない気がする。というか、そう信じるしか道はなさそうだ。

「……はい。確かに俺とミアなら、そのバングルをアーティファクト化できます」

「なら問題ないな。次はこれだ。ゴンに話をしたら、お前達に、と大量のざくろ石を渡された。後でゴンに礼を言っておけよ」

渡された袋から中身を取り出してみると、なんと大量のざくろ石が入っていた。三〇〇個ぐらいはありそうだな。その中には、AランクとBランクのざくろ石も混じっている。

これはありがたい。後でゴンさんに念話でお礼を言わないとな。

「先に言っておく。無闇にざくろ石のランクを上げるなよ。普通ならそんな心配は不要だが、お前達ならやりかねないからな。理由はわかるだろ？」

俺はひきつった表情を隠しながら頷いた。……危なかった。

ざくろ石のSPを溜められる量を『改ざん』で増やすということは、高ランクの魔石の原石を作るに等しい行為だ。うっかりSランク以上の魔物を大量に生み出してしまうところだった。

その後、バングル型の収納魔道具をミアにアーティファクト化してもらい、『高速収納ブレスレット』と名付けた。

四つもらったので、俺達は両手首に装備することにした。

スキルを開発するときに、エンツォが「ゾフに戻る用事ができた」って言っていたのは、もしかするとバングル型の収納魔道具を、俺達のために用意してくれていたのか？

「エンツォさん、このバングル型の収納魔道具ありがとうございました。大切に使わせてもらいます」

「あ、ああ……まあ安物だ。そんなモノで良ければいつでも用意してやる。お、オレは戦いの後片付けをしてくる。お前達は次の戦いの準備をしておけ！」

クルッと俺達を背にして、歩いて行ってしまった。

ミアはくすくすと笑っている。

やっぱり、アレはツンデレってやつなのか？

斬座がここにいたら、面倒なことになるのは間違いないな。

俺達は高速収納ブレスレットの使い方を練習しながら、ざくろ石にスキルを込め続けた。

準備が終わった頃には、エンツォが夕食を用意してくれていた。

◇

——タクミ達と別れた翌日。

僕とメアリーは王都メルキドから歩いて一日ぐらい離れた森の中で、ドラゴンから降ろしてもらった。

これ以上王都に近づくと、認識阻害の魔道具を使っていたとしても、ドラゴンに乗ってきたところを誰かに見られる危険があるからね。

人族と魔族の戦争を止めないといけないのに、スパイ容疑をかけられて時間を無駄にするわけにはいかない。

それから僕達は休憩を挟みながらメルキドまで走った。

メルキドに着いたときは、もうお昼を過ぎていた。

思っていたより時間がかかったのは、冒険者だった頃と比べて身体が鈍《なま》っているからだ。

やはり事務仕事が多すぎると思うんだよね。だけど、そんなこと言うと「何を言ってるんですか！　お兄様の仕事の半分をいつも片付けているのは誰だと思っているんですか？」とメアリーに怒られるのが目に浮かぶ。ふぅ……。

一度屋敷に戻り、準備を整えてから城へ向かった。

その途中、街中の雰囲気がいつもと違っていることに気づく。

「お兄様、様子が変ですわ。なんだか殺伐《さつばつ》としています」

「メアリーもそう思った？　見るからに軍の関係者が少ない。それに街に入ってから冒険者を見かけたかい？」

「そういえば、見かけてませんわ。まさか……」

「嫌な予感しかしないよ。早く陛下に会わないとね」

——メルキド城。王の執務室。

「アーサーよ。よくぞ戻ってきた」

久しぶりに見た陛下は、覇気がなくやせ衰えた姿をしていた。

目の下にクマができ、言葉から力が失われている。

別れてから半月ほどで、一体何があったのだ？

「陛下、賊を捕まえることなく戻ってきたことを、どうかお許しください」

「そんなことはどうでもいいのだ。それよりもエルドールだ。あやつが『此度《こたび》の魔族との戦争は、人族の存亡をかけた聖戦』と謳《うた》い、我が軍と冒険者達を魔族との国境へ連れて行ってしまったのだ」

「な、なんて愚かなことを……ギブソン将軍はどうされたのですか？　将軍は兵士から絶大な人望を集めています。将軍がいれば、エルフ族の大使であるエルドールの言うことなど、誰も聞くとは思えないのですが」

陛下が肩をわなわなと震わせ、肌が紅潮していく。

「……そのギブソンが、此度の計画を立てたのだっ！　しかも軍を行軍させてから事後報告してきた。ギブソンが余の許可なく独断で軍を動かしているなど誰も思うまい。兵達は今も余の命令だと思って進軍しているのだ。エルドールが関わっているのは間違いあるまい。しかし、なぜギブソンが……余を裏切るのだ⁉」

忠臣を絵に描いたような、あのギブソンが……裏切った？

エルフ族をあんなに嫌っていたのに、そんなことがあるのか？

「陛下のお言葉を疑うわけではないのですが、エルドールの企てに対抗するためのギブソン将軍の計略という線はないのでしょうか？」

「アーサーよ。ギブソンのことを父のように慕うお主の気持ちはわかっておる。だが、余はヤツが恐ろしい。余に対して、時折殺意のこもった目を向けてくる」

陛下の気のせいだと思いたいが、この怯《おび》えようは異常だ。

兵が動いた事実も考慮すると、陛下の言葉の方が正しいのかもしれない。

メアリーも驚きを隠せないようで、念話で話しかけてきた。

『お兄様、ギブソン様が……そんな』

『きっと何かの間違いだ……もしかすると、何か策があるのかもしれない。自分達の目で見るまで判断は保留にしよう』

そうだ、今は冷静になることが大切だ。

それにおかしな点はまだある。冒険者達を戦場に連れて行ったことだ。

僕とメアリーにタクミ達を追わせ、王都に不在の状態を作る。そして、メルキド王国軍を国境の防衛に回し、手薄になった王都で冒険者を使ってクーデターを起こす。

これがエルドールの策略だと思っていた。

しかし、冒険者まで国境へ連れて行った……なぜだ？

何を考えている、エルドール。

「余はどうしたら良い？　国境では我が軍、冒険者、エルフ軍の連合軍が、魔族の軍隊を滅ぼすであろう。その後、連合軍はそのまま反転し、この王都に攻めてくるのではないか？」

ギブソンが裏切ったのなら、確かにその可能性はある。

しかし、彼は僕達がこの世界に来たときに助けてくれた恩人であり、師匠でもあり、家族だ。

その彼が裏切るとは思えない。いや、絶対に何か裏がある。

とにかくギブソンと直接話がしたい。

「陛下。私がメルキド王国軍に合流してギブソン将軍の代わりに指揮をとります。ギブソン将軍の真意はわからずとも、これならメルキド王国軍の離叛《りはん》を防げます。そのためにも、どうか勅令《ちょくれい》を頂けないでしょうか」

「わかった。すぐに用意させよう」

今回の件が、ギブソンのエルフ族に対する計略だった場合、それに加担してもいい。

もし、裏切っていたなら……これが説得する最後の機会になるだろう。

『お兄様、同盟の件を陛下に報告してはどうでしょうか？　陛下にとって好転の兆《きざ》しになるかと』

このタイミングで報告するのはどうかと思っていたけど、メアリーの言う通りだ。今の陛下にとって、希望につながる明るい材料が必要だ。

「陛下。ドワーフ族、魔族の件で報告がございます」

タクミとミアについては、名前を出さずドワーフ族の大使として、陛下にこれまでのことを説明した。

ドワーフ族の新しい技術により、魔道具への依存を減らせそうなこと。

ドワーフ族、魔族と軍事・技術の同盟が結べそうなこと。

メアリーもここぞとばかりにフォローしてくれた。

この機会を逃すと王国の未来はないと言わんばかりの勢いに、最初は引き気味だった陛下も次第に真剣な表情になり、纏《まと》う空気が変わっていく。

そして伸縮する木のアーティファクトを見たときに、陛下は心を決めたようだった。

「さすがアーサーとメアリーだ。よくぞドワーフ族、魔族との縁をつないでくれた。此度の件で目が覚めた。この王都にあちらの手駒がほとんどいない今こそが絶好の機会。この王都からネズミを排除するよう動くとしよう。アーサーとメアリーは、なんとしてもメルキド王国軍を取り戻すのだ。頼んだぞ!」

「「お任せください」」


——王城から屋敷に戻ってきた。

食事をとり、出発準備が終わった頃には夜になっていた。

『携帯念話機』でカルラ王女に、陛下からの言葉を伝えた。

魔王とタクミとミアに伝えてくれるそうだ。

タクミとミアは現在修行中で、余程のことがない限りは念話するなと魔王から言われているらしい。

『これから僕達は、我が軍と合流するために国境へ向かいます。今の時点では、エルフ軍を含む連合軍の状況はわかりません。進展があり次第、またご報告します』

『わかったわ。こちらも魔族軍と合流できたら連絡するわ。ドラゴンをそっちに向かわせる？』

『いえ、僕達がドラゴンで移動しているところを見られたら、メルキド王国軍の説得は困難になるでしょう。メアリーのスキル『魔法の鞘《さや》の加護』を馬に使って移動するので、二日ぐらいで現地に着けると思います』

その後、いくつかの情報を共有して念話を切った。

戦場となる魔族と人族の国境までは、ここから馬車で五日ほどかかる。

王都メルキドが大陸のほぼ中央に位置するのが幸いし、そこまで遠くないのだ。

防衛の観点からすると問題ではあるのだが。

それにしても、タクミとミアは、あの魔王に鍛えてもらっているのか。

かつて、シラカミダンジョン攻略や魔物殲滅の協力を要請したが、魔王にすべて断られている。

さらに、今まで多数の異世界人が魔王討伐に向かったが、ほとんど帰ってこない。帰ってきた者も過度な恐怖により、精神にダメージを負っている者ばかりと聞いた。

そしてお伽噺《とぎばなし》のような『罪』を斬るという伝説の刀『魔刀断罪』。

それを魔王が所持しているという噂だ。

その魔王から協力を得られたタクミとミア。これってすごいことだよね。

カルラ王女を救った功績はあるけど、それだけで噂の魔王が動くとは思えない。きっと、また何かをやらかしたに違いない。

「お兄様、そろそろ行きませんと」

あの二人のことを考えると、楽しくてすぐに時間が過ぎてしまう。

「そうだね。ギブソンから話を聞かないと。それじゃあ出発しよう！」

第４話
クズハ

俺達は、魔王から「まだ戦うのは早い」と言われていたAランクの魔物を狩っていた。

この区画で四つ目になる。

「『スキャン』完了。魔物はリッチで数は四体。俺はいつでもいける。ミアはどう？」

俺は話しながら、ミアにざくろ石を渡した。この石には、対象をリッチ達にしたスキル『ｐｉｎｇ』スキルが込められている。

「ええ。わたしも準備ＯＫよ」

ミアはざくろ石を受け取った手を軽く振った。すると、ざくろ石は高速収納ブレスレットに収納されて手から消えた。

エンツォからもらった高速収納ブレスレットとざくろ石の相性はとても良かった。

見た目ではざくろ石にどんなスキルが込められているかわからないが、高速収納ブレスレットに入れるとスキルの内容がわかるのだ。

高速収納ブレスレットから取り出すときに、ざくろ石とスキルのセットが頭の中に浮かぶので、そこから欲しい石を選んで腕を振るだけで取り出せた。

「準備はできたようだな。前回同様、魔物の情報は教えない。自分達で戦いながら見極めろ。

「対人戦は常にそういう戦いになるからな」

魔王の言葉に俺達は頷き、ざくろ石に込めた『ｐｉｎｇ』を発動。そして区画にそっと入った。

ローブのようなものを着た魔物が見えた。

『左右に一体ずつ。見えないけど奥に二体いる。ゲームとかに出てくるリッチの特徴と同じなら魔法を使ってくると思うから、遠距離攻撃に警戒な』

『わかったわ。光魔法や聖魔法が弱点ってところよね。わたし達は使えないけど……』

『とりあえず左の一体と戦ってみるから、ミアは他三体をお願い』

『いやいや、そこは男の子が三体で、か弱い女の子が一体を担当するところでしょ？』

『……か弱い？　あっ、ミアのことか。しょうがないだろ。物理攻撃が通らない可能性もあるんだ。いきなり三体とか、下手すると死んじゃうからね』

ミアはその後も軽口を叩きながら、『現実絵画《だましえ》』が込められたざくろ石を、右奥の岩をめがけて投げた。岩にぶつかったざくろ石が砕けると、そこに俺が現れた。

四体のリッチの意識が岩《タクミ》に向いた隙に、俺は自分の左手に『ルーター』を発動。

ルーターの設定は『攻撃の行き先を、左のリッチに変える』だ。

そして、俺は光刃《ライトセーバー》で自分の左手を勢いよく斬りつける。

光の刃が俺に接触する瞬間、光刃《ライトセーバー》はグリップを掴んでいる俺の身体ごと、左側のリッチに向かって高速で移動。そしてリッチが俺の接近に気づいたときには、光刃《ライトセーバー》がリッチの胴体を水平に切り裂いていた。

『ミア、光刃《ライトセーバー》で倒せる相手だ。右手前の敵は任せた。奥の二体は俺がやるよ。だって男の子だからな』

『ふっふふふ。了解、任せられたわ。あっ、言い忘れたけど、タクミくん人形《岩に描いた絵》は敵の火魔法で爆死しました。油断すると危険だから気をつけてね』

……マジか。二体同時に引き受けたのは危険だったか？

魔法は『ルーター』で防げない。『ルーター』に設定した対象と非接触のモノは、行き先を変えられないからだ。

とりあえず魔法によるカウンターに気をつけて——えっ？

俺は真後ろにリッチの存在を感知した。これは『ｐｉｎｇ』の反応！　マズい‼

いきなりの出来事に焦ったが、俺は咄嗟《とっさ》に心の壁バリアを発動して振り返る。

ズドォォォォオン。眼前に出現した八角形のバリアに火の弾が直撃して爆発が起こる。

俺はすぐにリッチとの距離を縮め、光刃《ライトセーバー》で首を刎ねた。

いきなりどうやって現れた？　さっきまで奥にいたはずだ。まさか……短距離転移《ワープ》できるのか？　短距離転移からの魔法攻撃とか、エンツォとの組み手を経験していなかったらヤバかったな。

さてと、残りのヤツもさっさと倒すか。

ミアの方を見ると、真っ黒な半球体ができていた。

………なんだあれは？　待て、待て。慌てるな。

この前の区画では、ミアが危険《ピンチ》だと焦ってしまい、俺が足を引っ張ることになった。

しかも、ミアは全然余裕で戦えていたのに、だ。

ここは慌てず、まずは状況確認。

『ミア、大丈夫か？　なんか黒いものに包まれているけど』

『真っ暗で周りが何も見えないけど、敵を二体倒したわ。けど、倒した後も暗いままなのよね。どうしよう……』

すでに二体倒している……だと。

やっぱりか。危うく前回同様、空回りするところだった。

ミアは俺が思っている以上に強い。

『たぶんだけど、どの方向でもいいから、しばらく歩いてみて。そうしたら真っ黒な場所から出られると思う』

少しするとミアが真っ黒な半球体から出てきて、俺に向かって手を振っている。

「急に真っ暗になって焦っちゃった。『p.i n g』のおかげで相手の位置がわかるから大丈夫だったけど、『p.i n g』なしだとバリアも発動できなくて危なかったかも」

話をしている間に真っ黒な半球体は消えて、魔石が二つ地面に落ちていた。

その魔石を回収し、残り二体の魔石を取りに行こうと思ったとき、エンツォがこちらへ歩いてきた。

「リッチには苦戦すると思ったのだが、お前達には余裕だったようだな。さっきの黒い球体は『闇結界』という魔法だ。あの中に入ると光が遮断されて周囲が見えなくなる。状態異常の耐性があっても、魔法の効果は球体の外から光を遮断するだけなので防ぐことはできない。なかなか厄介なスキルだったんだぞ」

手に入れた魔石をエンツォに手渡すと、エンツォは区画の奥へ行き、四つの魔石を置いて戻ってきた。

こうすることで、三日後にはリッチが復活しているらしい。

「お前達が戦っている間に、カルラから念話があったので情報を共有しておく」

教えてもらった内容をまとめると次の四つになる。
・魔族の戦争相手は、『エルフ族』『メルキド王国軍』『王都の冒険者ギルド』の三つの連合軍であること。
・アーサーがメルキド王の説得に成功し、ドワーフ族、魔族との同盟に前向きであること。
・アーサーが『メルキド王国軍』に合流後、タイミングを見て連合軍から離叛すること。
・カルラ達は魔族軍との合流予定地に着いたが、そこには誰もいなかったこと。
「魔族軍はどこに行ってしまったんでしょうか？　エンツォさんにもわからないんですか？」

「ゾフから人族との国境までのルートには、何か所か野営地があるのだ。そこに居ないとすると……何かあったのかもしれん。アレッサンドロというクソジジイが皆を率いているのだが、脳筋だが優秀なヤツだ。仮に何かあってもなんとかするだろう。カルラには明日からは自分の足で追えと言ってある。ドラゴンだと目立つからな」

「わたし達はどうしましょうか？　今のレベルは四七だけど、徐々に上がりづらくなってきてます。カルラの身に危険があるなら、早く合流した方が良くないですか？」

「ミアよ。それはダメだ。お前達に今できるのは、早くレベルを六〇にすることだけだ。娘のことを心配してくれる気持ちは嬉しいが、今はまだ足手まといにしかならん。とくに対人戦の経験をもっと積まないとな」

さすがミア。抜け目がない。しれっとカルラ達との合流を狙ったが、失敗に終わったようだ。

正直、俺は戦場に行く気はない。ただ報告を受けて嫌な予感がしてしまった。

いつの間にか『エルフ族』と『王都の冒険者ギルド』も戦争に参加している。

さらに、カルラが魔族軍と合流できていない。

戦争になってしまった場合、仲間達をいつでも戦場から脱出させられるように俺も戦場に行った方がいいのか？　だけど今のペースだと、明日中にレベル六〇に到達するのは厳しいんだよな。

少し無理を通してみるか。

「エンツォさん、俺達にできることがそれだけなら、最短でレベル六〇になれるコースで修行をお願いします」

ミアは俺の発言に驚いたあと、嬉しそうに頷いている。

エンツォは俺の顔をジーッと見て、ニヤリと笑った。

あっ、これ絶対に悪いこと考えているときの顔だ。斬座だと失神するやつだよ。

「いいだろう。お前達に戦場を教えてやる。息つく暇もなく戦闘が繰り返され、周りに安全な場所など一つもない地獄だ。明日はそこで生き残ってみせろ。オレが一度でも手を貸したら中止し、今までのペースで修行を続けるからな」

……ミアの恨めしそうな視線が痛かった。

俺達は明日に備えて休むため、今日の残りの予定は中止にして魔王の屋敷へ戻ることになった。

◇

——翌朝、いつもより早く起きてミアと一緒に念入りに準備をする。

今日中にレベルを六〇に上げるつもりだ。

エンツォも、そのために地獄の修行コースを用意してくれるのだろう。

期待に応えないと……いや違う、なんとか生き残らないとな。

「よし、準備は終わっているな。食料も忘れるなよ。この屋敷にあるものなら好きに持って行け。レベルが六〇になるまでは帰れないからな。クックククク」

昨日の夜にミアと相談して、スキルを込めたざくろ石も大量に用意した。

戦闘に使う予備の武器やアイテムも、高速収納ブレスレットに移してある。

「今日は、地下洞窟にあるダンジョンへ行くぞ。出現する魔物のランクや種類はさまざまだが、広大なエリアで高難易度のダンジョンだ。そこでレベル六〇になるまで、ひたすら生き抜け。ただし、俺が手を貸したり転送魔法陣で脱出したら、その時点でダンジョンでの修行は終わりだ。昨日までの修行に戻すからな」

なんと。地下洞窟内にダンジョンがあるのか！

地下にどんどん潜っていくタイプのダンジョンか？　ヤバい、テンションが上がる！

ミアもすごく嬉しそうだ。そしてエンツォに向かって手を挙げた。

「質問があります！　ダンジョンに宝箱はありますか？」

「ん？　宝箱なんてあるわけないだろ。誰が置くのだ？」

「……ですよねぇ～」

ミアのテンションの急落ぶりがハンパない。お前は宝箱にしか興味はないのか。

「……しかし魔物を倒すと、まれにアイテムをドロップすることはある。強い魔物ほどドロップする確率が高い」

「えっ！　魔物がアイテムをドロップする？　罪や瘴気でできているのにドロップするって変じゃないですか？」

「タクミの言う通り、魔物の素材などがドロップするわけではない。ヤツらが拾い持っていたモノをドロップするのだ。ここのダンジョンには古代の遺跡が多くある。だから、ヤツらのドロップアイテムのほとんどは遺跡内のアイテムだ」

今の会話で、ミアのテンションは見事にV字回復した。

「あと、斬座のときにも言ったが、ここにはSランクどころか、SSランクの魔物もいる。しかし、ランクの目安はあくまでも魔石の大きさでしかない。知能や性格、相性、戦い方などにより、SSランクよりもSランクの方が手強いなんてこともザラにある。つまりSランク以上になると、魔物のランクはあてにならん。どんなに弱そうな魔物でも外見に騙されるなよ。そして、そんな魔物の中には特殊な魔物がいる」

「はい！　斬座さんのような特殊個体《ネームド》のことですね」

「そうだ。特殊個体《ネームド》に出会ったら、戦わないで逃げろよ」

簡単に言ってくれる。相手の強さまでは『スキャン』でもわからない。実際に目で見て判断するしかないのだ。

そんな強敵を避けて手頃な相手とだけ戦う。それがどれだけ難しいことか……。

だけど、よくよく考えてみれば、これは戦場にも同じことが言えるのか。

まあ、相手の強さを感じ取る修行だと思ってやるしかないな。

エンツォの話が終わると、すぐに俺達はダンジョンへと向かった。

――地下洞窟のダンジョンに着いた。

ダンジョンと呼ばれる場所は、地下に存在する巨大な屋外フィールドだった。

天井を見ると太陽らしきモノまである。

「ゴンヒルリムに……そっくり」

「ミア、驚いたか？　ここはドワーフ族の都ゴンヒルリムのような居住区ではないが、見ての通り古代人の遺跡であることは間違いない」

俺達のいる場所は小高い丘になっていて遠くまで見渡せる。

ここから見えるだけでも、森や川はもちろん、湖や小さな山まであった。

そして、いくつか建造物のようなものも見えた。あれが、エンツォの言っていた遺跡か？

「さてと、景色を眺めるのもいいが時間を無駄にはできんぞ。今から自由行動だ。レベル六〇になったら、オレに念話で知らせろ」

そう言い捨てて、エンツォは俺達から離れていった。

俺はスキル『スキャン』を半径一〇〇メートルの範囲に使うが、魔物は見つからなかった。

「ミア、この辺りに魔物はいないみたいだ。中央の草原を歩くのは論外として、右側の森を進もう」

「森に入って大丈夫？　草原のほうが戦いやすくない？」

「森ならこまめに『スキャン』を使えば、俺達の方が先に魔物を見つけて、有利な状況で戦える。だけど草原の場合、大群に襲われる危険があるし、先に魔物を発見しても、すぐに相手にも気づかれて有利な状況を作りづらい。俺達のスキルを考えると、平原よりも森の方が相性が良さそうなんだ」

――俺達は森に入り、『スキャン』と『p.i n g』で索敵を繰り返す。するとサテュロスという上半身が人で、下半身が山羊の姿をした魔物を見つけた。

二体が弓を持ち、一体が槍のような鋭い木の杖を持っている。

『三体いるけど、どうするの？』

『アイツらからは強者のオーラみたいなものは感じない。戦っても大丈夫だと思う。こちらから先制攻撃して、その後はいつもの感じでいこう。弓の二体から片づけるぞ』

俺とミアは、エンツォの屋敷にあった手槍を高速収納ブレスレットから取り出した。

攻撃力はスキル『改ざん』で『二五↓九五』に変えてある。

ミアは『現実絵画《だまし絵》』が込められたざくろ石を、俺達と反対側にある木をめがけて投げる。

木が俺の姿に変わった瞬間、サテュロス達は後ずさり、戦闘態勢に入った。

すかさず俺とミアが手槍を投げると、弓を持つ二体のサテュロスの体に大きな穴を開けて貫いた。

残り一体のサテュロスは、槍を構えてものすごい速度で突進してきた。

槍を投げる可能性があるから、『ルーター』ではなく心の壁バリアで受ける。

突進するサテュロスの体がバリアに激突し、バランスを崩す。その隙をついて、ミアが光刃《ライトセーバー》で胴体を切り裂いた。

手槍だけでなく魔石も回収していく。この区画の魔石は自由にして良いと、エンツォから許可をもらっているからだ。

「なんか余裕だった。これって、わたし達が強くなってるってことだよね⁉」

「俺達は間違いなく強くなっているけど、相手が弱いのかはわからない。奇襲作戦のおかげで、相手が力を出す前に倒しているからな。まあ、正面から戦っても勝てるだろうけど」

──突如轟音が鳴り、タクミくん人形が落雷が当たったかのように縦に割れた。

「「⁉」」

蹄《ひづめ》の音がする方角を見ると、三体のサテュロスがこちらに向かって駆けてくる。

「タクミ、思いっきりフラグを立てないでよ！」

「いや、ミアもフラグ立ててたからね」

俺達が戦っている間に、別の集団に見つかっていたのか？

さっき『スキャン』を使ったときは、倒した三体しか近くにいなかったんだけどな。

まさか、こいつら特有の伝達手段で仲間を呼ぶ習性があるとか……。

そうなるとマズい。

俺は『スキャン』を使って半径一〇〇メートルの範囲を調べると、三体のサテュロスと四体のオルトロスが表示された。

オルトロスは、ゲームだと頭が二つある狼だな。なんとなく、こいつも仲間を呼びそうだ。

「ミア！　あと七体の敵が近くに来てる。囮《おとり》用の人形の準備よろしく。あと俺がＯＫを出すまでは常にバリアを張るつもりで！　いくぞぉぉぉぉぉ！」

この後、サテュロス二五体、オルトロス三二体と戦闘を繰り広げ、レベルは五〇になっていた。

魔物の群れから離れるため、隣接している山の方へ移動しながら戦うことで、なんとか片付けることができた。森の中心に向かって移動していたら、危なかったかもしれない。

俺達は小さな洞穴を見つけ、休憩するために身を潜めた。

もちろん『スキャン』の結果、この周辺に魔物がいないのは確認済みだ。

「『スキャン』の距離は伸ばせないの?」

「できるけど、応答まで時間がかかるんだ」

「ここでしばらく休憩して、その間に広範囲に『スキャン』を使ってみるのはどう?」

俺はミアの案に頷き、半径一キロの『スキャン』を使いながら休むことにした。


――二〇分後、結果が返ってきた。

【範囲】半径一キロ
【対象】魔物
サテュロス×一六、オルトロス×三四、キラーマンティス×三、ヘルストーカー×五、フェンリル×一、九尾×二
……へ？　俺は二度見してしまった。

なんかヤバそうなのが、いるんですけど。

「ミア、今『スキャン』したらフェンリルと二匹の九尾を見つけた。これがただの魔物とは思えないんだけど……どう思う?」

「ラノベだと、どちらも強くて主人公の仲間になるイメージの魔物。しかも、その……モフモフ。モフモフなんだよ!」

なぜ二回言う。ミアにとって大事なことだったのか。

フェンリルは狼の魔物で、神獣として登場することもある。

九尾は狐の魔物で、その名前の通り尻尾が九本ある。膨大な魔力を持ち、妖術系が得意なイメージだ。

エンツォからヤバいのに近寄るなと言われてるけど、フェンリルと九尾だぞ。

どうしよう。見たい。見たすぎる。

エンツォに相談するとリタイアになるのかな?

こんなことなら、ルール確認をちゃんとしておけば良かった。

とりあえず『ｐｉｎｇ』を使うか。

すぐ近くにいて鉢合わせるのもマズいからな。


——俺はフェンリルと九尾二匹に『ｐｉｎｇ』を使った。

どうなってるんだ?　三匹とも同じ場所にいるみたいだ。

洞穴を出て、少し小高い場所から三匹がいる方向を見る。

この感覚……どうやら森の外れ辺りにいるみたいだ。

「ミア、なんか三匹とも同じところにいるみたいなんだ。例えば神域のような特別な場所があるのかも？」

「ちょっと様子を覗いてこない？　抱きついたり背中に乗ったりできるみたいよ。身体が沈むぐらいフカフカしてるって文献で読んだことあるし」

文献ってなんだよ。絶対にラノベのことだろ！　そんな小細工で俺を説得しようとするとは……。ダメだ、ミアがモフモフの誘惑に負けている。

どうしようか考えていると、フェンリル達を感知した辺りで爆風が巻き起こり、木々が吹き飛ぶ。ちゃぶ台をひっくり返したかのように木々が宙を舞った。

「な、なんなの。あれは？」

ミアの驚きに被せるように、今度は剣山のように尖った氷の塊が、木々よりも高く突き出てきた。

ここからだとちょうど一キロぐらい離れた場所か？

その後も、落雷や爆発が立て続けに起きている。

「これって……フェンリルと九尾がケンカしてるんじゃない？」

「俺もそう思う。というか、もう天災だよな……マズい！　ものすごい勢いでこっちに近づいてくる。ミア逃げるぞ」

「え、え、えええぇ⁉」

俺達は洞穴のある場所まで退避しようとするが、間に合いそうにない。「ミア！『現実絵画《だまし絵》』を俺達に使うんだ。岩でいいから早く！」

ミアは俺に抱きつき、SPが一番多く込められたざくろ石の『現実絵画《だまし絵》』を使った。

『か、勘違いしないでよ。ざくろ石に込めたSPが切れるとスキルが解除されるの。長時間持ちそうなのは一つしかなかったのよ……』

確かにこの方法なら、一つのざくろ石で二人にかけられる。

うん。SPの節約は大事だ。

とにかく今は動いてはいけない。動くとスキルが解除されちゃうからな。

それにしてもダンジョン恐るべし。イベントが多いぜ。

俺が必死に邪念と戦っていたとき、森の中から一匹の白い子狐が飛び出してきた。

全身が土や埃で汚れていたが、尻尾が二本生えていた。

ん？『ｐｉｎｇ』の感覚だと、あれが九尾のはずだ。尻尾が二本しかないんだけど……。

子狐は慌てた様子で、俺達がさっきまで休んでいた洞穴に一目散に入っていく。

それから数秒もしないうちに洞穴の入り口が消えてしまった。

子狐から発せられる『ｐｉｎｇ』の感覚は洞穴から移動していない。

もしかしてミアと同じような隠蔽スキル……いや妖術か？

『タクミ。あの子狐ちゃん、何かから逃げてきたように見えたんだけど……』

『うん。絶対に動くなよ。もうそこにいるから』

今度は巨大な白い狼が、森からゆっくりと出てきた。

全身血まみれで片方の後ろ足がなく、胴体の数か所に大きな火傷を負っている。

その白い狼は鼻をクンクンさせ、臭いをたどるように洞穴に近づいていく。

『あの子狐を追いかけてきたんじゃない？　なんか嫌な予感が……』

フェンリルが威嚇するような唸り声を出すと、前方で風が渦を巻き出した。渦の回転速度はどんどん上がり、やがて三〇センチぐらいの球体になった。

キュルルルルと高音を発生させ、周りの空気が揺らぎ出す。

眉間にしわを寄せ、洞穴のあった場所――今は岩肌にしか見えない――に向かってグルルゥゥと唸り声をあげる。

なんの変化もないまま一分ぐらい経っただろうか。

しびれを切らしたフェンリルが、凄まじい暴風を放とうとしたとき、子狐が壁をすり抜けて洞穴のあった場所から飛び出してきた。

マズい！　なんと子狐は俺達の方に向かってきたのだ。

やむを得ず俺はミアから離れてフェンリルの方へ走り出す。

その瞬間、『現実絵画《だまし絵》』のスキルは解除されて、俺とミアの存在は二匹の魔物にバレた。

だけど、しょうがない。もしあの状態でフェンリルの攻撃が放たれた場合、俺とミアも巻き込まれていた。しかも、俺とミアの距離が近すぎたため、心の壁バリアが中和してしまうリスクもあったのだ。

「くそがぁぁぁ！」

突如あらわれた俺達に驚いたフェンリルだが、怒りの形相を見せると、俺に向けて風の球体を弾丸のように撃ってきた。

飛んでくる風の弾丸に対して、角度をつけて心の壁バリアを展開する。

キィィィィンという甲高い音とともに、風の弾丸は右後方の森へ逸れていった。

その直後、爆音と共に森の木々が上空へと舞い上がる。

なんてふざけた威力してるんだよ。コイツ、絶対にSランク以上だ！

俺は行き先をフェンリルに設定した『ルーター』を、自分の左手にかけた。

その直後、突然フェンリルの姿が消える。

速い！　足を怪我しているのに、なんていう速さなんだよ。もしかして、風系のスキルで高速移動しているのか？

俺は勢いよく光刃《ライトセーバー》で自分の左手を斬りつけてフェンリルのところまで高速移動する。そして、光刃《ライトセーバー》でヤツの胴体を斬りつけたが……浅い！

斬りつけた瞬間、フェンリルが後方へ躱したのだ。

くそっ、あんなにボロボロなのに、なんという速さだ。

えっ、気がつくと『ｐｉｎｇ』の反応がすぐ近くの茂みにあった。

俺を襲ってこない？　いくらでもチャンスはあったはず。

むしろフェンリルの隙をうかがっているような……そういうことか！

『ミア！　俺の合図でフェンリルの注意を引きつけてくれ！　一瞬でいいから』

『了解！　とっておきのを使うわね』

俺は『ルーター』と心の壁バリアを駆使しながら、深手のフェンリルと攻防を重ねる。

もうそろそろいくぞ……。

「今だ！」

俺のかけ声に合わせて、俺とフェンリルの近くにある岩へ、ミアがざくろ石を投げた。

岩に当たった瞬間、圧倒的な存在感を持つエンツォが出現した。

「「え（ガゥ）？」」

予想外の展開に、俺とフェンリルの思考が止まる。

その一瞬の隙をつくように、ピカッと閃光が走り爆裂音が響く。俺はその衝撃で吹き飛ばされてしまった。

俺がいた場所を見ると、落雷がフェンリルに直撃したようだった。

フェンリルの毛という毛が逆立ち、プスプスと焦げたように煙が全身から上る。

『ミア！　フェンリルに攻撃だ。どこでもいいから攻撃するんだ』

ミアが慌てて飛び出しフェンリルを斬りつけると、フェンリルは黒い煙となって消滅した。

そして、見たこともない緑色のボウリングの玉ほどの魔石が落ちていた。

茂みがガサガサッと揺れると、そこから血だらけの大きな狐が出てきた。そして力尽きたようにバタッと地面に倒れてしまった。

さっき逃げていた子狐も、いつの間にか駆け寄っていた。

倒れている大きな狐からは、尻尾が四本生えていた。

コイツも九本じゃないのか？　俺は九尾の名前の由来に疑問を感じた。

ミアがそーっと近寄ろうとしたので、俺は手で止める。

『あれは九尾だ。迂闊《うかつ》に近づくと危険だ』

『何言ってるのよ。一緒に戦った仲間じゃない！　助けましょう！』

俺だって助けたい。リドや斬座のように魔族と友好的な魔物もいる。

けど、人族でも友好関係は築けるのか？

手負いのフェンリルでさえあの強さだったのだ。

決して油断していい相手じゃない。

「安心しろ。その九尾はオレの知り合いだ」

ん？　俺は突如聞こえた声の方を向くと、そこにはエンツォがいた。

「「ぬぁぁぁぁぁ！　『現実絵画《だましえ》』のエンツォがしゃべった！」」

「何を言ってるのだ。オレは本物だ。ミアよ、さっさとスキルを解除しろ」

いつの間に現れた？　心臓に悪すぎるだろっ！

ミアも気づいてなかったらしく、俺と同じく声を上げていた。

「大きな声を出すな。警戒されるだろうが。鞍馬《クラマ》よ、久しいな。すぐに傷を回復させてやろう」

エンツォは倒れている九尾の治療を始めた。

傷口に手を突っ込み、骨や筋肉、内臓といった患部一つ一つに丁寧にポーションをかけていく。

ポーションは傷を塞ぐが、元の状態に戻るわけではない。

骨が折れ、内臓に刺さった状態でポーションを使うと、その状態のまま傷口は塞がってしまうのだ。

「よし、あとはこの魔石を使え。この人族達はオレの仲間だ。警戒する必要はない」

鞍馬《クラマ》と呼ばれた九尾は、エンツォが地面に置いた魔石の山をバリバリと食べ始めた。

……エ、エンツォが優しい⁉　斬座と扱いが違いすぎて、不憫で涙が出そうになったのは内緒の話だ。

傍《はた》から見るとエンツォが一方的に鞍馬《クラマ》に話しかけているように見えるが、たまにエンツォも頷いている。これはカルラとリドが意思疎通を図っているときと同じだ。

たぶんだが九尾は魔族と話せるが、人語は話せない魔物なのだろう。

その間、子供の九尾が俺とミアのもとに近づいてきた。

子狐は少し警戒しているようだったが、ミアは構うことなく「可愛い！」と言いながら、まるで子犬を相手にするように撫で回していた。

俺はフェンリルと九尾のケンカを見たときから、気になっていたことをエンツォに質問する。

「エンツォさん、九尾とフェンリルはどうして戦っていたんですか？　魔物は人族、ドワーフ族、エルフ族を襲うけど、魔族と魔物は襲わないと聞きましたが」

「前にも説明したが、魔物は魔石が大きくなるにつれて知能が上がる。Sランクともなると、魔石を食べることで進化できることに気づく魔物が出てくるのだ。そいつらは魔物を襲うようになる」

話の途中で、鞍馬がガブガブとエンツォの右足を噛み出した。

「タクミよ。九尾はもともと群れない。単体で暮らすのだ。この騒動のきっかけは、フェンリルが幼い九尾を襲ったところを偶然この鞍馬が見かけ、止めに入ったら戦闘になってしまったそうだ……私は悪くないと言っている」

「エンツォさんは、フェンリルと敵対しているんですか？」

「いや、さっきお前達が倒したフェンリルは、ハフという名で、そいつもオレの知り合いだ。オレは誰とも敵対しないし誰の味方でもない。バランスを取るために多少動くことはあるがな。そういうわけで、そのハフの魔石はもらっていくぞ」

「いいですけど、どうするんですか？」

「フェンリルに適した瘴気が発生する場所に置いてくる。そうすればまた復活するからな。

ただ、あの大きさになるには一〇〇年はかかる」

マジか。そんなにかかるのか。

幼い九尾を見ると、ミアが自分用の櫛《くし》で子狐をブラッシングしていた。

さてと、そろそろレベル上げに戻らないとな。

俺がレベルを確認してみると、『五〇→五三』に上がっていた。

えっ……まさか、そんなに強敵だったのか。

負傷していない状態で戦っていたらどうなっていたんだ？

今になって少し恐怖がこみ上げてくる。

「ミア、そろそろ行くぞ」

俺が声をかけると、ミアは何か言いたげな表情をしていた。

予想はつくが一応聞いてみる。

「あのぉ……この子もついて行きたいって言っておりまして……。わたしが責任を持って面倒を見るので、連れていっても……いいよね？」

いやいや、犬を拾ったのとわけが違うのだ。

そんな懇願するような顔で、俺にお願いされても困る。

というか、エンツォと鞍馬もこっちを見ているし。

「勝手に連れていくわけにはいかないよ。鞍馬さんや本人の都合もあるからね」

「ワッチはついていくでありんすよ。助けてもらった恩もあるし、もうミアっちとは友達でありんす！」

なんだろう……幻聴か？

九尾がしゃべったような……。

「おい、何が起きている？　なぜ九尾が人語をしゃべっているのだ⁉　人語を話す獣型の魔物なんて聞いたことがない！」

エンツォが驚いてるだと⁉

俺とエンツォが鞍馬に確認の視線を送ると、首を横に三度振った。

まさか……ミアか！

漫画やアニメに出てくるような、食べるだけで自動翻訳してくれるような物を『デフォルメ』で作ったんじゃないだろうな⁉

「ミア、怒らないから正直に答えてくれ。何か食べさせなかった？」

ミアは笑顔のまま、俺と目線を合わせようとはしなかった。

「さっきミアっちから、もらったでありんす。美味しかっ…モ……グゥ……」

ミアは慌てて幼い九尾の口を手で塞いでいた。

これまでの展開についていけないのか、エンツォは額に手を当てて空を仰ぐ。九尾の鞍馬は理解できずにウロウロし始めた。

ミアのモフモフ好きを甘く見ていた。

「あ、あのぉ……エンツォさん。もしこの子がわたし達についていきたいって言った場合、連れていってもいいんでしょうか？」

　なんなんだ。公園で子犬拾いましたみたいな展開は？

「……その魔物の性格によるな。ただ、九尾は非常に知能が高い。躾《しつけ》がきちんとできれば連れ歩くのも可能だが、被害を出した場合はお前達の責任になるぞ」

「ワッチは良い子でありんす。迷惑なんてかけんし、絶対に役に立つ。だから連れていってほしいでありんす」

　ミアに抱っこされたまま、首をコテッと傾けて二本の尻尾をブンブンと揺らしている。

　なんだろう、このあざとい感じは……。

　それに、このしゃべり方も気になる。

「ミア、ちょっと教えてほしいんだけど。狐がしゃべるとしたら、どんな口調が似合うと思う？」

「狐ってなんか妖艶《ようえん》というか……ちょうどあんな感じのしゃべり方かな」

　やっぱり、しゃべれるようにした犯人はお前だったか！

　しかも、これから戦場に行くかもしれないのに、飼えるわけないだろ。

「ミア、その子狐は連れていかないぞ。家で飼うわけじゃないんだ。俺達はこれから危険な戦場や世界樹へも行く。いくら魔物でも、そんなところに子供は連れていけないよ。というか、どうして九尾なのに尻尾は二本なんだ？」

　俺がつい疑問を口にすると、鞍馬がエンツォに話しかけていた。

「……鞍馬の話だと、尻尾は魔力の貯蔵庫みたいなものらしい。魔力が溜まれば尻尾は増えるし、妖術を使えば一時的に尻尾は減るそうだ」

「ということは、この子狐の尻尾が二本なのは妖術を使ったからで、時間が経って魔力が回復すれば九本に戻るってわけか」

「……いや、違うようだ。その個体の強さによって、尻尾の上限が変わるらしい。幼体のときは、どんなに多くても三本。成体でも九本の個体は、ほとんどいないそうだ」

九尾って名前なのに、尻尾が九本ある個体はほとんどいないのか。しかも、外見からその個体の強さがわかってしまうとは。他の魔物や冒険者に狙われやすそうだな。

ちなみに、鞍馬の尻尾の上限は七本らしい。尻尾が七本の個体であの強さだ。九本の個体って、SSランクになるのか？

そんな話を聞いているとミアの驚いた声を挙げた。

「クーちゃん。すごいよ！　やっぱりクーちゃん、天才だねぇ！」

え？　クーちゃん？

ミアの視線の先を追うと、そこには空中を自在に駆ける白い子狐がいた。

ま、マジか。九尾って空飛べるのかよ。

隣を見ると、エンツォと鞍馬も口をぽかんと開けていた。

「クーちゃん、こっちに戻っておいで！」

ミアが両手を広げると、飛び込むように子狐がやってきた。

「すごいな。もうそんなに懐いた――って、ちょ、ちょっと待て！　一、二、三……な、なんで尻尾が九本あるんだよ!?」

「ん？　あれっ、本当だ。いつの間に増えたんだろう？　クーちゃん知ってる？」

「ワッチも知らんでありんす」

いや、君達絶対に知ってるよね！

そう言い、キャッキャッと楽しそうに遊び出す。

俺が呆然としていると、鞍馬が足をツンツンと突っついてきた。そして、なぜかエンツォも俺の肩に手を置いてくる。

「タクミ……怒らないから、知ってることを吐け！」

「キャン！」

いやいや、疑う相手を間違っているからね。絶対に犯人はミアでしょ。

ん？　ミアが犯人……？　クーちゃん？

ま、まさか……子狐に『デフォルメ』を使ったのか？

「ミア、さっきからその子狐をクーちゃんって呼んでいるけど、もしかして名前をつけたのか？」

「えっ、もしかして、タクミも名前を考えたかった？　ごめん、勝手に名前つけちゃった」

「な、なんて名前にしたのかな？」

「葛葉《クズハ》よ。だから、クーちゃんって呼んでいるの」

意外と普通だな。

「可愛いでしょ。伝説の狐の名前なのよ」

やっぱり、『デフォルメ』使っちゃってるよ！

正直言うと知りたくないけど、確認しないわけにはいかないよな。

「ミア、クズハの名前の由来ってなんなの？　伝説の狐の名前とか言ってたけど」

「陰陽師で有名な安倍晴明《あべのせいめい》って聞いたことない？　母親が狐だって言い伝えがあるの。その狐の名前が『葛《くず》の葉』。その名前を頂きました！」

ぐはっ……安倍晴明って、どんだけ強キャラ持ってくるのよ！

ミアの『デフォルメ』は、彼女のイメージがそのまま実現するスキル。間違いなく、それがあの子狐にかけられている。それしか、尻尾が九本になる理由が思いつかない。

それにしても、いつの間にスキルを使ったんだ？

ミアの態度を見る限り、意図的に使った気配はないんだよな。

あっ！　もしかしてブラッシングしているときか？

モフモフに興奮して、本人も気づかないうちにスキルを使ってた可能性が高い。こんなことができたらいいな〜。あんなことしたいな〜。そんなブラッシング中の妄想が、すべてクズハに注ぎ込まれたんじゃないのか……。

子狐が人語をしゃべれるようになったり、尻尾が九本になったりした理由をエンツォに説明することにした。もちろん、ミアのスキル『デフォルメ』の詳細は伏せた形でだ。

「これは、あくまでも俺の推測ですけどね」

「まあ現状を見る限り、ミアのスキルが関与しているのは間違いないだろう。それでどうするのだ？　このまま放置するのは危険だ。なんならオレが調教してやろうか？」

エンツォの殺気を感じたのか、クズハがミアの胸に抱きついて震え出す。

「ミアっち、あの異常者が怖いでありんす。こっち見んなし……」

い、異常者って……。

「大丈夫だよ。エンツォさんはそんなことしないよ。ですよね？　エンツォさん」

ミアから疑いのない眼差しを向けられたエンツォが、なぜか俺を睨む。

いやいや、だから俺の方を見ないでくださいよ。

「タクミ、連れていっていいでしょ？　わたしがすべて責任持つから！」

「いや、魔物を連れていくと街とかに入れなくなるし、いろいろ不便だよ。せめてククトさんやマルルさんを生き返らせてから考えないか？」

おっ、ミアも返す言葉がないみたいだ。これで諦めてくれるかな。

すまない。冷たいようだけど、今は優先しなくちゃいけないことがあるんだ。そんな状況を考えると、あまり軽はずみなことはできない。

「ごめんね。クーちゃん。今は連れていけないみたい。せめて、クーちゃんが人の姿だったら——」

「ほんとでありんすか！　化けるのは得意でありんす！」

そう言うと、ポンッと煙がクズハの全身を包む。

すると巫女姿をした八歳児ぐらいの女の子が現れた。

髪は金髪で透き通るような白い肌。八重歯が少し目立つが、とても可愛い顔をしていた。

それにしても、なぜ巫女姿？　なぜ金髪なんだ？

「ミア、狐が人に化けるとしたら、どんな服が似合うと思う？」

「……巫女姿なんて素敵よね。お稲荷さんつながりなのかな」

間違いない。これもミアの影響だ。


「旦那様。どうでありんすか？」

……旦那様って、もしかして俺のことか。

決してロリコンなわけじゃないが、少しドキッとするじゃないか。

「お、おう。可愛いぞ。っていうか……これなんだ？」

俺は頭についている寝癖のようなモノに触ってみた。

ピク、ピクピク。寝癖のようなモノがピッと起き上がる。それは狐の耳だった。

「ぬぁぁ！　なんだ、耳？　これがケモ耳ってやつか⁉」

「あわわ、あわわわわ。何するんでありんすか！　せっかく隠していたのに」

「……尻尾も出てきたぞ」

「旦那様が触るからでありんす。お触り厳禁なのに……えーん、旦那様がいじめるよ〜」

ミアがジト目で睨んでくるが、今のは不可抗力だ。

「それでどうするのだ。連れていくのか？　こんな見た目だが強いぞ。しっかり手綱を握らなければ大惨事になることを忘れるな」

俺がミアのほうを見ると、クズハと手を強く握り合って不安そうな顔で見ていた。

「わかったよ。俺の負けだ。クズハ、俺とミアの言うことが聞けなかったら、すぐにここへ戻すからな。絶対に暴走するなよ」

「「やったー‼」」

二人は笑顔で抱き合いながら飛び跳ねる。

そして、巫女姿の女の子は俺に飛びついた。

「旦那様、ありがとう！　絶対に後悔させないでありんすよ！」

最後は少し流されるような形になったけど、まあ良しとしよう。

そんな俺の気持ちを見透かしているかのように、エンツォが睨んでくる。

これって「何かあったときは絶対に責任取れよ」って意味だ。怖すぎるんですけど……。

いろいろ問題が発覚する前に、早くこの場から逃げ出そう。

「よし、そろそろ行くよ。鞍馬さん、お身体を大事にしてください。では行ってきます！」

俺はミアとクズハの手を引っ張り、急いでここから離れることにした。

◇

俺達三人は、新たな狩り場を探してダンジョンの奥へと進む。

クズハが加わっても、今まで通り俺が『スキャン』と『ｐｉｎｇ』を使い、魔物を奇襲する作戦は変わらない。クズハにも魔物に対する警戒を任せている。さすがに周囲すべての魔物に『ｐｉｎｇ』を使うと、ＳＰがすぐに枯渇するからだ。

「ふぅ……なんとか勝てたな。とりあえず魔石を回収するか。この辺はケンタウロスの縄張りなのか？　五体以上になると、さすがにキツいな。けど逃げるにしても、アイツら足が速すぎるんだよな」

ケンタウロスというのは、馬の首から上が人間の上半身の姿をした半人半馬の魔物だ。移動速度は馬のように速く、手先が器用で弓や剣を巧みに使ってくる。しかも、知性も高く統率のとれた戦い方をしてくる。

ミアと小休憩をしていると、クズハの耳がピクピクと動いた。

「あっちから魔物が来るでありんすよ」

クズハは人の姿が気に入ったらしく「ここでは九尾に戻ってもいいぞ」と言っても、人の姿のままでいる。ただし、ケモ耳と尻尾は出していた方が楽なようで、隠していない。

クズハの指差す方向を見ると、巨大な樹が根をタコのようにクネクネ動かしながら、俺達のほうに向かってきていた。

さっき『スキャン』したときに、エルダートレントが一体いたな。

ということは、あの魔物は単独行動かな。

「旦那様ぁ。ワッチが戦ってもいいでありんすか？」

「一人で倒せるのか？」

「ワッチは尻尾が九本の九尾。余裕でありんす！」

……それってフラグじゃないのか？　ミアを見ると、頷いていつでもフォローに入れるよう準備していた。

まあ、クズハはSランク以上の魔物だから余裕だろう。

「じゃあ、俺達はここで見ているから倒してきて。少しでも危険があったら助けに入るからな」

クズハの九本の尻尾がブンブン揺れていた。あれって、嬉しいときの合図なのか？　なんか犬みたいだな。聞かれたら絶対に怒られそうなので、口には出さないでおいた。

クズハは巨木の魔物エルダートレントに向き直ると、右手を突き出して、何かもにょもにょと唱え始めた。おかしい、戦闘中なのに園児のお遊戯を見ているようで心がほっこりする。

「煉獄の門を開き、深淵の炎で敵を焼き尽くすでありんす！　第一級妖術、『煉獄』‼」

バリッ、パリバリバリッ！　何かが破れるような音と共に、空に亀裂が入る。

まるでガラスのように空の亀裂が割れると、そこから溶岩のようなドロリとした炎が流れ

落ちてきた。

「ミ、ミア！　ヤバい！　とにかく離れるぞ。常にバリアの準備をしておくんだ」

俺はミアの手を引き、空から垂れ落ちる赤黒い炎から離れるよう全力で走った。

グゲェエエエエエエエエ。

魔物の叫び声が聞こえたので振り返ると、割れた空から大量の炎がドバァァァァッとものすごい勢いで流れ出していた。

「えっ？　タクミ、あの炎の塊って生きてない？　なんか生き物のように見えるんだけど」

ミアの言う通りだ。地面に流れ落ちた炎の塊は、意思を持っているかのように好き勝手に動いている。

おかしい。エルダートレントは灰も残らず炎に焼き尽くされている。それなのに、いまだに炎はあらゆる方向へと流れていく。森の中から聞こえていた絶叫は一〇分ぐらいすると、ようやく止まった。

ドロリとした炎は何もかも燃やし尽くすと、幻だったかのように消えていった。大地には真っ黒な爪痕だけが残っていた。

「旦那様、ミアっち。どうでありんした、ワッチの実力は？」

両手を腰にやり、ものすごいドヤ顔でクズハが聞いてきた。

オーバーキルどころの騒ぎじゃない。一撃で街を滅ぼすくらいの威力に、俺はドン引きしていた。

「クーちゃん、大変なことになってるよ！　尻尾が一本しか残ってないよ！」

えっ、気にするところはそこ⁉

「しょうがないでありんすよ。一級妖術を使ったから、魔力をガッポリ持っていかれたでありんす。けど魔力が回復すれば尻尾は戻るでありんす。旦那様、ワッチは役に立ったでありんすか？」

ミアに抱っこされたまま、クズハは俺のほうを向いて勝ち誇るようにニヤリと笑った。

どうしよう。こいつヤバすぎないか？

エンツォからは、何かあればお前らの責任とか言われてるし。

それに一級妖術ってなんだよ。威力が戦略兵器並みだぞ。

……ちょっと待て、レベルが上がった？　今、俺のレベルが上がったぞ。

「ミア、レベルを確認してみて。クズハが攻撃する前と比べて、レベルは上がった？」

「――確認したけど、変化ないわよ。もしかして、タクミは上がったの？」

「ああ、一つ上がったんだが、なんでだ？　俺は攻撃してないけど……あっ、もしかして『スキャン』か！　あれが攻撃を与えたと判定されたんだ！」

そうとわかれば話は早い。俺は魔物を対象とした『スキャン』のざくろ石を、ミアにいくつか渡した。『スキャン』のざくろ石を作るには時間がかかる。だから、今までは俺が『スキャン』して対象を特定した『ｐｉｎｇ』のざくろ石を作り、ミアに渡していた。

「これ、わたしがもらっていいの？　『スキャン』のざくろ石をわたしが使うと、効率悪くならない？」

「いや、いいんだ。考えがある。クズハ、さっき使った妖術は一級って言ってたよな。もしかして、階級みたいなものがあるのか？」

「旦那様は冷たいでありんす。あんなに頑張ったのに、一つも褒めてくれん。気になるのは妖術のこととか、人でなしすぎるでありんすよ」

そう言うと、クズハはミアの腕から飛び降り、今度は俺の胸へと飛び込んできた。

ジーッと俺を見つめるクズハ。金色の瞳が妖しく輝いている。

不思議な瞳の色だなと思っていたら、クズハが俺の耳に小声でささやき出した。

「旦那様、ワッチのすごさを見たでありんすね？　さぁ、ワッチにお願いするでありんす。一緒についていきてくださいと」

突然、何を言ってるんだコイツは。

「……あれ、なんで変化がないでありんすか？」

変化？　こいつ、まさか魅了系の妖術を俺に使ったのか？

人の姿に変化したときから、どこかあざとい感じがしていたが、こいつの性格がなんとなくわかってきた。俺は、ミアに聞こえないように、クズハに話しかける。

「残念だったな。俺とミアには、精神攻撃の類いはいっさい効かないんだ。ミアはお前のことを本当に可愛がっている。そんなお前が、魅了系の妖術を俺達に使った。それをミアが知ったらどう思うんだろうな？」

クズハの顔色が青くなる。

「だ、だっ、旦那様。ワッチはただついていきたかっただけで、悪いことをしようなんて、一切考えてなかったでありんす！」

「ああ。俺もそう思う。ただついていきたかっただけなんだと」

「さ、さすが旦那様！　ワッチは旦那様に一生ついていくでありんす！」

「……けどな、エンツォさんから周りに迷惑をかけるようなら、連れていくなとキツく言われてるんだ。だから、お前をエンツォさんに預けようと思う。しょうがないよな。俺を騙したり、言うことを聞けないヤツの責任は取れないし……」

「ご、ごめんなさい。もう絶対にしないし、旦那様の言うことはなんでも聞くから、許してほしいでありんす。うっ……う……」

「そうか。そこまで反省しているなら、許してやろう。ミアにも秘密にしてやる。俺の言うことには絶対に服従だぞ。それを破るようなら、わかっているな？」

クズハは、勢いよく首を縦に振る。

よし。お仕置きはこのぐらいでいいだろう。エンツォから躾はしっかりしろと言われていたし。何よりこれからやることは、クズハにも頑張ってもらう必要がある。

「タ、タクミ。クーちゃんが泣いてるけど……どうしたの？」

「すごいぞ、クズハって褒めたら、嬉しかったみたいで泣いちゃったんだ。なぁ、クズハ？」

「そ、そうでありんす。これからも頑張らせていただくでありんす。アハ、アハハハ」

ミアが不思議そうな顔をしていたが、とりあえず無視する。

そんなことよりも、話を戻そう。

「それで、クズハの妖術には階級があるのか？」

「は、はい。旦那様の言う通り、妖術には階級があって、一番上が特級。そして一級から四級までありんす」

さっきのは一級妖術だったよな。ということは、上から二番目の階級だったわけか。

あれよりも威力のある特級妖術は、危険すぎるので封印確定だな。

「消費魔力が少なく、広範囲を攻撃できる妖術はあるか？　相手をちょうど一撃で倒せるぐらいの火力だと最高だ。さすがにさっきの妖術ではオーバーキルだからな」

「……相手によるけど、いくつかあるでありんす。ただ、さっきので魔力がないので、すぐには使えないでありんすよ」

クズハの尻尾の数は一本だった。確か、魔力は尻尾に蓄えられるんだっけ。

魔力の回復を待つのは時間がもったいない。これを試してみるか。

「クズハ、これを飲んでみろ。たぶん魔力が回復するハズだ」

俺はＳＰ回復薬をクズハに渡した。エンツォからもらって、俺が稀釈《きしゃく》して『改ざん』で効果を高めたものだ。

「……ケ、ケホッ。す、すごく臭いでありんす。旦那様、これは飲んで大丈夫なものでありんすか？」

「ああ、大丈夫だぞ。材料は秘密だが、とても貴重なものだ。俺を信じて飲んでみろ」

ＳＰ回復薬の臭いは、日本でお世話になっていた強力なアノ薬に似ていた。腹痛だけじゃなく歯の痛みにすら効く黒い丸薬。手に持つと、洗ってもしばらく臭いんだよな。

クズハはＳＰ回復薬の瓶を見ながら、ゴクリと唾を飲む。そして、一気に飲んだ。

アノ薬の液体版。しかも牛乳瓶ぐらいの量を一気飲み。

……クズハよ。俺はお前の忠誠心をしかと受けとめたぞ。

飲み終えた後、クズハは悶絶して倒れ込む。すると尻尾が一本、また一本と生え始め、一分ぐらいで、九本すべての尻尾が生えそろった。

「クーちゃん。すごいよ。尻尾が九本に戻ったよ！」

「アハハ、そ、そうでありんすか。さすが旦那様のお薬。すごい効果でありんす……」

クズハが死んだ魚のような目をしながら、力なく立ち上がった。

よし。これで準備はできたな。これよりチート級レベリングを開始する！

◇

「――タ、タクミ。これ以上はクーちゃんが死んじゃうよ。もうやめて！」

「ダメだ。俺達には時間が無い。それに目標まであと少しだ。いけるな、クズハ？」

そう言いながら、俺はＳＰ回復薬の瓶をクズハに渡そうとする。

「ヒ、ヒィィィィ。だ、旦那様ぁ。もう勘弁して欲しいでありんす。まだお腹の中で黒い液体がたぷたぷ……ウゲェェェ」

それを見て怒ったミアに、ＳＰ回復薬をすべて取り上げられ、強制的に休憩をとることになった。

俺とミアは、この四時間でレベルが五九になっている。

これはもちろん、俺の考えた超効率レベルアップ方法のおかげだ。

やり方は簡単。ミアのスキル『現実絵画《だまし絵》』で囮を作り、魔物を集める。

それから、俺とミアは『スキャン』を使う。これで大量の魔物に対して攻撃したという判定がつくのだ。

最後はクズハの妖術で一掃する。これを繰り返し行うだけで、安全かつ高速に狩りを繰り返した。

この方法の問題点は、クズハのＳＰが枯渇するところだ。そこで活躍するのがＳＰ回復薬である。

クズハの献身的な活躍のおかげで、かなりの戦闘を重ねて今に至る。

収納ポケットからテーブルと椅子を取り出し、みんなでお茶を飲みながら休んでいると、

『スキャン』の結果が返ってきた。『スキャン』の対象を広範囲にすると、そのぶん時間がかかるため、休憩と共にスキルを使っていたのだ。

そこには『●△※＄％＆＄』と文字化けしたような奇妙な名前があった……なんだコレ？

俺は嫌な予感がしたので、この文字化けを対象に『ｐｉｎｇ』を使う。すると、一〇メートルぐらい離れた木の裏から反応があった。

「ミア、クズハ！　敵だ！」

俺は慌てて立ち上がり、倒れる椅子を気にせず戦闘態勢をとる。

その様子を見て、二人もすぐに臨戦態勢に移った。

「おい、そこの木の裏に隠れているのはわかっている。出てこい！」

「タクミ、相手は魔物じゃないの？」

どうやらすぐに戦わず、木に向かって話しかけたことにミアは疑問を持ったようだ。

「相手が何かわからないんだ。名前が読み取れなかった」

ミアは意味がわからないという表情を浮かべるが、俺だってわからないのだ。

念のため、文字化けを対象にした『ｐｉｎｇ』をミアにも使わせておく。

少し待っても動きがないので、俺は光刃《ライトセーバー》を構えたままジリジリと距離を詰める。

すると『ｐｉｎｇ』の反応が、木の裏から俺達の前を横切るように動き出した。
バ、バカな……目の前を移動しているはずなのに、姿がまったく見えない。
俺がその反応に向かって正対し続けると、動きが止まった。

「――すごいです。本当に私の位置がわかるのですね」

声のした先から突如、若くて美しい小柄な女性が現れた。その髪は艶やかな翠色で、瞳は透き通るような水色。そして耳の先は細長く伸びていた。

第5話 アリエル

「エ、エルフ⁉　どうしてこんなところに？」

俺よりも先にミアが口を開いた。

翠色の髪をしたエルフは、気まずそうに頬を掻いた。

「えーっと、私は悪いエルフじゃないよ。ここには調査のために来ているの」

「あなた、もしかして異世界人ですか？」

「へ……？」

「あっ、いや、気にしないでください」

俺も一瞬、『悪いスライムじゃないよ』ネタかと思ってしまったのは内緒だ。

「それにしても、どうやって私のことを見つけたんですか？　それに、その光る剣って魔道具じゃないようですけど……もしかして、アーティファクト⁉　お願いです。少しでいいから見せてください！」

ものすごい勢いで近寄ってきたエルフの女の子は、心の壁バリアに跳ね返されてドテッと尻餅をついた。

「いたたた……今のなんですか？　結界みたいでしたけど。でも結界なら私が気づかないわけないし……まさか、これもアーティファクト⁉　すごい！　私ってなんてラッキーなのかしら。遺跡であの方に関するものは見つけられなかったけど、ここで素敵なものを見つけたわ！」

エルフの女の子は、一人で妙に興奮している。

自分の好きなことに没頭して、周りが見えなくなるタイプだな。魔道具やアーティファクトの研究者なのか？

俺はクズハを見た。あいつは九尾だ。少なくとも敵に対する嗅覚は鋭いはず。敵対する意思を感じたなら、何かしらのアクションをとるはずだ。

しかし、クズハはあくびをしながら、耳をピコピコさせていた。こいつ、まったく使えないではないか！

俺の目線の先を追ったのか、エルフの女の子もクズハを見る。そして、顔がだらしなくニヤける。

「ケモミミ！　可愛い！　なんなんですの。こんな可愛い種族は見たことがありません！」

気がつくと、クズハはエルフの女の子に抱っこされ、頬ずりされていた。

そんな様子に毒気を抜かれたように、ミアも笑みをこぼす。

自分と同じ趣味の相手には、親近感を覚えるものだ。

「俺はタクミ、こっちはミアです。その子はクズハ。せっかくだから、お茶でもしながら話を聞かせてもらえませんか？」

少なくとも、戦闘にはならなそうな雰囲気なので、俺はお茶に誘うことにした。

ただし『ｐｉｎｇ』は発動中だ。仮に攻撃されたとしても、バリアで防げる自信もあるしな。

◇

このエルフの女の子の名前はエルといい、アーティファクトを研究しているそうだ。

ここに来たのは、数々のアーティファクトを世に遺した初代魔王を尊敬し、その調査が目的とのこと。なんでも、ここは初代魔王に縁のある遺跡が数多くあるらしい。

どうやって魔族に捕まらずここまで来られたのか聞くと、自分で開発した認識阻害の魔道具《フード》を被っていたので見つからなかったそうだ。

確かに、俺も『ｐｉｎｇ』を使ってなければ気づけなかった。以前、ゲイル達が使っていた認識阻害の魔道具よりも、かなり高性能だった。

「もう私のことはいいでしょ。それよりも、あなた達のことを教えてほしいの。それって、アーティファクトよね。これでも魔道具やアーティファクトの研究をしているから、その武器が魔道具じゃないことぐらい見ただけでわかるの」

エルの突っ込んだ質問に対し、ミアは俺に答えて欲しそうな視線を送ってきた。

俺もどう答えようか悩んでいると、エルが先に口を開いた。

「あっ、ごめんなさい。確かエルフって偉そうにしてるから、人族に敬遠されてるんだっけ。本当にあの老人達は、エルフに害しか与えない。そうよね……そう簡単に話せないわよね。聞かないから触らせてって言いたいところだけど、それ武器だから尚更ダメだろうし……」

　エルフなのに、まったく傲慢な態度はなく、むしろ同族のそういう輩に嫌悪感を抱いてそうだ。

　仲良くなればエルフの情報も引き出せるか？　ちょっと試してみるか。

「そういうことなら、はい。これなら自由に触っていいですよ」

　収納ポケットから、自由に伸縮する木の枝を取り出してエルに渡す。そして簡単な使い方を説明した。

　エルは自分の思った通りに伸び縮みする枝に歓喜していた。

　それから研究者としての魂に火が付いたのか、念入りに調べ出した。

　あまりに真剣な姿に俺とミアは口を挟めず、お茶を啜《すす》るしかなかった。


「ふぅ……すごい。なんてすごいのかしら。ミアさん、これってどこで見つけたんですか？　私もその場所に行ってみたいの」

「それは……」

　ミアはそこで口ごもり、俺に視線を送ってきた。

「メルキドの王都で、道に落ちていたのを拾ったんだ。たまたまね」

「すごい強運なんですね！　拾った枝がアーティファクトなことに気づくなんて、タクミさん、すごいですよ！」

「いやいや、気づいたのも本当に偶然だったんだ」

「なるほどですね。その武器や、さっきのバリアみたいなアーティファクトも、すべて拾ったなんて、すごすぎてビックリです！」

「えっ？」

「あっ、ごめんなさい。私の勘違いです。そんなにたくさんのアーティファクトが落ちてるわけないですね。それなら買った？　いやいや、これは作ったのかな？　ですよね、ミアさん？」

ミアはその発言に困惑し、助けを求めるように俺の顔を見た。

うーん。このミアの反応だとバレバレだな。さてと、どうするか……。

俺の気持ちの変化を感じたのか、ミアの膝に座っていたクズハから殺気がこぼれる。

「ちょ、ちょっと待ってください。興味本位で首を突っ込みすぎました。申し訳ありませんでした。その情報を使って何かしようと思っているわけじゃないんです。もしミアさんがアーティファクトを作れるのなら、この出会いを大切にしたくて。だってそうでしょ？　自分が今まで研究してきたことを唯一実現できる人が目の前にいるんですもの！」

必死になって頭を下げるエルの姿に、嘘はなさそうだった。

「どうして、ミアが作ったって思ったんですか？」

「この枝です。世の中で発見されたアーティファクトの仕組みはいまだに謎が多く、解明できていませんが、こんなシンプルには作れないんです。つまり、この枝は仕掛けが何もなさすぎるんです。だから私は思いました。この枝は、スキルによって作られたアーティファクトだと」

「でも、それだけだと誰のスキルかはわかりませんよね？」

「はい。それは……そのぉ……ミアさんを庇うようなタクミさんの態度で、すぐにわかってしまいました。隠していることだから、気づいてないことにしようと何度も思ったんですが、このまま別れると、もう一生会えなくなるかもしれないし……」

あっ、そういうことですか。つまり、俺がバレた原因だったということね。

……ミアのジト目が痛すぎる。

「うん。まあ、その辺はお互いに信用できるようになってからということで――」

それから俺達は、アーティファクトとは関係ない雑談を交わす。

エルフ族の国政や戦争について聞くと、自分はただの研究者だからよくわからないと言われてしまった。ただ、今のエルフ族は長老と呼ばれるハイエルフ達から、世界樹を守るための神の使徒なのだと教育されてきたらしい。その影響からエルフ族至上主義が国民に広まり、他種族を下に見るようになったそうだ。

「いくらすごい性能でも、世界樹はあくまでも古代のアーティファクト。それを神として祀《まつ》るとか、言うほうも信じるほうもバカすぎるんですよね」

「エルさんって、結構バッサリ言うんですね。仲良くなれそうで嬉しいです。ふっふふふ」

「はい。私もミアさんと仲良くなれそうで嬉しいです。あっ、もちろんタクミさんもですよ」

その言い方だとオマケみたいで、あまり嬉しくないんだが……。

さすが研究者というべきか、エルはものすごく達観したエルフだった。それだけに、異世界人としてこの世界に染まっていない俺達と話が合った。本当に異世界人じゃないのかと疑うぐらいだ。

「そういえばエルさんの見てきた遺跡は、どのあたりにあるんですか?」

「ここから歩いて一時間ぐらいですね。あっちの方向にありますよ。人工の建造物があるので、行けばすぐにわかります。Sランクの魔物が数匹いましたので、行くのなら気をつけてください」

クズハのおかげで予定よりも早くレベル上げができた。余裕もあるし行ってみるか。

少し名残惜しい気もしたが、俺達はエルと別れて出発した。ミアとエルは気が合ったらしく、冒険者ギルドに伝言を残す方法でまた会う約束をしていた。さすがに『携帯念話機』を渡すわけにはいかないからな。

別れ際、エルはクズハをずっと抱きしめて、離れたがらなかった。クズハはそれに合わせて愛想を振りまいていたが、目は笑っていなかったことに俺は気づいていた。

◇

「さてと、エルさんの言っていた遺跡とやらに行ってみるか」

「賛成！　それにしてもエルちゃんって、とても良いエルフだったわよね。クーちゃんも懐いていたし、今度会うときはどこか遊びに行きたいな」

嬉しそうに話しているミアをよそに、俺は歩きながらクズハを抱きかかえた。そして、ミアに聞こえないようにそっと話す。

「クズハ、お前から見てエルはどうだった？　何か感じるものがあったんだろ？」

「……あの女、たぶん強いでありんす。ワッチが殺気を出したとき、刃向かうなら殺すという圧を感じたでありんす」

「その割には、無邪気にお前を可愛がっているように見えたけど」

「それは、ワッチに襲われても勝てる自信があったからでありんすよ」

クズハの言うことを疑うわけじゃないが、これでもクズハはSSランクの魔物だ。

エルがクズハの実力を把握しきれていなかっただけじゃないのか。

「タクミ！　ちょっとあそこを見て。なんか地面が綺麗に切り取られているんだけど」

ミアが指差す場所は、豆腐をスプーンですくったように地面がくり抜かれていた。

さらに進むと、いたるところに戦闘の跡と、切り抜かれた地面が続いていた。

「旦那様、ミアっち。あそこに巨大な魔石が落ちてるでありんす！」

走り出したクズハの後についていくと、その周辺には大量の魔石が落ちていた。

「この魔石の大きさだと、Ｓランクぐらいなのか？」

俺は一番大きな魔石を手にして、クズハに聞いてみる。

「……それはワッチと同じ、ＳＳランクの魔石でありんす」

「じゃあ、一回り小さいあの魔石がＳランクなのか？」

ざっと見ただけでも一〇個以上は落ちてそうな魔石を指差すと、クズハは真剣な表情で頷いた。

「タクミ。早く逃げるわよ。ここにはＳＳランクの魔物や、Ｓランクの魔物の集団を、倒せる怪物がいるってことでしょ……」

「そ、そうだな。これって絶対に逃げないとマズいやつだな」

この集団を倒した化け物が、まだこの近くにいる可能性がある。

俺達は急いでこのエリアを離れた。

第6話　開戦

――タクミ達がダンジョンに入った翌日の深夜三時頃。

『トルルルル、トルルルル……』

誰だ？　こんな時間に『携帯念話機』をかけてくるヤツは。

タクミか……トラブルでもあったのか？

『エンツォさん、遅くなりましたが約束のレベル六〇を超えました』

『今何時だと思ってるんだ。……まさか寝ずに戦い続けていたのか？』

『はい。徹夜するつもりはなかったんですけど、いろいろあってキラーアントの巣に落ちてしまって、それからキラーアントの大群とずっと戦ってました。今やっと巣を殲滅したところです』

『……今、なんと言った？　殲滅したと聞こえたが』

キラーアントの巣を殲滅？

魔蟲と呼ばれる種類の魔物で、蟻に似て硬く獰猛なやつらだ。

キラーアントは下がCランク、女王の護衛蟻になるとSランクになる。

地面の下に広大な巣を作り、どんな小さな巣でも中にはキラーアントが千匹以上いると言われている。

『ええ。クズハがいなければ死んでました。女王蟻とその護衛蟻が強いのなんのって、結構危なかったです。けど苦労した甲斐あってレベルは七一になりました』

『……な、七一だと⁉　本当に巣にいたキラーアントを殲滅したのか……わかった。とにかく一度こっちに戻ってこい。そしてゆっくり休め。女王はSSランクのはずだ。魔石は壊さずとってあるな？　それは渡してもらうぞ』

『大丈夫です。Sランク以上の魔石は全部とってあります。えーっと、一三個ありますね。あっ、クズハに意思疎通が図れるか確認してもらって、ダメなヤツだけ倒してます。だからエンツォさんの知り合いはいないと思います』

『……わかった。では斬座のいる第十三訓練場で待ち合わせよう』

クックック……この短期間でレベルが七一だと？　やるではないか。

九尾が一匹増えたところで、普通ならキラーアントの巣を殲滅などできるはずがない。

さらにSランクの魔石一三個だと！　女王に至ってはSSランクだ。まあ、戦闘に特化したSSランクではないので、倒せても不思議ではないが大した戦果だ。

オレと別れてから何があった？　やはり、あのクズハと名づけられた九尾が原因か。

言葉がしゃべれるだけでもおかしかったが、人族の姿に化けたときの服装は、我らが見たこともないものだった。

……ミアよ、お前は一体何をやらかしたのだ？

◇

「よし、エンツォさんに連絡終了。さて帰るとするか」

「さすがに疲れたわ。けど、お家に帰るまでが遠足。最後まで気を抜いたらダメよ」

ミアの言葉を聞いてクズハが急に大人しくなり、耳もペタンと垂れ下がっている。

「どうした？　まさかキラーアントの巣に落ちたときのことを気にしているのか？　あれは気にすることはないぞ」

キラーアントの巣は、蟻の巣と同じく地面の下に深く広がっていた。

クズハは移動中、うっかりと巣の入り口から落ちてしまったのだ。

「そうだよ。クーちゃん、人の姿になってまだ慣れてないんだから。それに蟻の魔物を見て『よくやったクズハ。ここは最高の狩り場だ！』って言い出したのはタクミだからね」

「あ、あれはだな……アラクネのときのように、狭い通路なら絶好の狩り場になると思ったんだ。まさか蟻のくせに罠や魔法まで使ってくるとは」

俺達は蟻の罠に尽《ことごと》くはまり、地上に出るよりも早く最下層へと落とされてしまったのだ。

そう、クズハが巣穴に落ちただけの出来事を、蟻の巣を殲滅するという展開に導いたのは俺だった。

原因は俺だと伝えても、クズハの様子は相変わらずだった。

見かねたミアがクズハを抱き上げる。

「……違うでありんす。ワッチはみんなとお別れするのが悲しくて……寂しいんでありんす」

一体何の話だ？

「あっ、クーちゃんはタクミが『帰る』って言ったから、ここでお別れと思ったのね。ふっふふふ。もちろんクーちゃんも一緒に帰るんだよ」

クズハの耳がピーンッと立ち、目が大きく開く。

「旦那様、ワッチもついていって、いいんでありんすか？」

「当たり前だろ。こんな便利な――いや、大切な仲間を置いていくわけがない。これからもよろしくな」

どうやら、少し言葉選びを誤ってしまったみたいだ。ミアとクズハの俺を見る目が酷く冷たかった。

◇

――第十三訓練場に着くと、エンツォと斬座が待っていた。

二人は俺達を笑顔で迎えてくれた。

「クックククク。この雰囲気は本当にレベルが七〇を超えたようだな。見違えたぞ」

「ほんと、まさかたったこれだけの短期間で、ここまで強くなるなんて驚きだわ。そこの女の子が噂の九尾ね。子狐ちゃんは特殊個体《ネームド》よね？　しかも、かなりの強さ。どうしてかしら、なんだか親近感があるわ」

　クズハは特殊個体《ネームド》というよりも、ミアが九尾をアーティファクト化したという方が正しい気がする。ミアもクズハも気づいていないので、伝えていないが。

「斬座、念のため言っておくが、そこのチビ狐にオレは何も関与していない。タクミが飼い主だ」

「エンツォさん、俺はクズハを魔物ではなく、仲間だと思っています。だから飼い主ではないですよ。それに、ちゃんとリーダーの俺の言うことは絶対だと教えこんでありますから、安心してください。なぁ、クズハ」

　そう言ってクズハに視線を送る。

「ヒィィィィ。だ、だ、旦那様の言うことは絶対でありんす。だから、もうアレを飲ませるのは勘弁してほしいでありんす……」

　クズハは涙目で懇願した。

「ま、魔王がここにも……」

　斬座が何か言ったようだったが、俺は聞かなかったことにした。

　それからエンツォと情報を共有してわかったのは、今日にもカルラと魔族軍が合流できそうだということ。俺達はカルラから連絡が入り次第、そこへ転送魔法陣で移動し、魔族軍をゾフへ連れ戻すことになった。

「そういうわけで、カルラから連絡が来るまできちんと休んでおけ……と言いたいところだが、斬座と少し手合わせをしてみんか？　お前達も自分がどのくらい成長したのか知りたいだろ？」

「エンツォ、無理を言ったらダメよ。二人ともクタクタでしょ。また今度でよくな――ヒィイイイイ。ごめんなさい。ごめんなさい。戦うわ。いえ、是非戦わせてください」

エンツォがひと睨みするだけでこの有様だ。二人は相変わらずだな、クズハの教育に悪いからあまり見せたくないのだが。

俺は、小声でミアにそれを伝えると、なぜかミアからジト目で返されてしまった。


俺達が訓練場に入ろうとしたとき、建物のドアが開き、数人の魔族が入ってきた。どこかで見た顔だな……あっ、トレドさんとナポリだっけ？　こんな早朝に、どうしたんだ。

そう思っていると、訓練場の外にいるエンツォから声がかかる。

「こいつらは観戦者だ。気にするな。これから手合わせを始める。斬座は人形なしで普通に戦え。タクミ達は二人で戦うんだ。戦場だと思ってな。相手を殺すことは禁止。多少の怪我は気にするな。治してやるからな」

クズハも一緒に戦いたいとミアに駄々をこねたが、今回は見学させた。前に斬座と戦ったときと同じ条件にしないと、俺達がどのくらい強くなったかわからないからな。

今回、人形はなしで、いきなり斬座と戦闘だ。最初から全力を出さないとすぐにやられる。気合いを入れないとな。俺もミアも、この訓練場に入る前に『ｐｉｎｇ』は発動済みだ。

「準備はいいな。それでは開始だ！」

◇

さてと、どのぐらい強くなったのかしら。

お姉さんが見てあげるからかかってきなさい。

とりあえず、コレなんてどうかしら？

下半身が蜘蛛ならではの、八本の足による高速移動。

あの子達が、前回はまったく反応できなかった攻撃よ。

「もらった」

タクミの背後に回り込み、手で首を掴もうとした瞬間、八角形のバリアが現れて手を弾かれる。

そしてこちらを振り向きもせず、ノーモーションで光る剣を胴体めがけて振り抜いてきた。

「あら、なかなかやるようになったわね」

左にステップして剣を躱し、タクミの足めがけて手から糸を放出する。

ちっ、これも八角形のバリアで弾かれたわ。今のなんて完全に死角からの攻撃だったのに、どんな感覚してるのよ。

しょうがないわね。ミアから先に片づけさせてもらうわ。

後ろを振り向くと、そこにミアがいた。挟み込もうとしているから、位置がバレバレなのよ。

硬化した糸をミアの右足めがけて飛ばす。その隙に背後に回って、と。

まったく反応できていない。もらったわ！

硬化した糸がミアの右足を貫いたとき、突然ミアが大きな岩に変わってしまった。

「へ？」

そして、なぜか左側から光る剣を構えたミアが飛びかかってきた。

正直言って驚いたわ。何をやったかわからないけど、完全に騙された。けど甘い！

飛び込んでくるミアめがけて、手から網状の糸を放出。空中でこれを躱すのは無理よ。これで完全にリタイア確定！

勝ちを確信した瞬間、身体が右に傾いた。

状況が理解できずに足下を見ると、ミアの光る剣によって後ろ足を切り落とされていた。

◇

「斬座さん、勝負ありってことでいいですよね？」

「ち、ちょっと。なんでミアがここにいるのよ！」

「もちろん、スキルの効果ですよ。詳しくは言えませんけど、わたし達の勝ちってことでいいですよね。早くエンツォさんに足を治療してもらって――」

ミアが言い終わらないうちに、ミアの全身が糸に包まれた。

「ミア、甘いわよ。戦場だと思って戦えって、エンツォに言われたばかりでしょ」

白い糸にぐるぐる巻きにされたミアは、なんとか抜け出そうともがくが、余計に絡まっているように見える。

俺達の心の壁バリアは、身体に密着した状態のものまでは防げない。つまりミアはリタイアということだ。

「さてと、あとはタクミだけね。お姉さんが優しく相手してあげるから、怖がらずにきなさい」

そのウインクする姿に、大抵の男はオチるだろう。下半身が蜘蛛じゃなければの話だが。

足を切断しただけで油断したミアも悪いが、これって、どうすれば勝ったことになるんだ。

やっぱりボコボコにするしかないのか。

「あら？　ワタシもなめられたものね。今、どこまでやれば諦めるかって考えていたでしょ？　タクミ、あなた自分の身体を見てごらんなさい。もう負けてるのよ」

斬座に言われて自分の身体を見てみると、細い糸がまとわりついていた。

それだけじゃない。周りを見渡すといたるところに糸が見えた。

「気づいたようね。もうここはワタシの巣《テリトリー》よ。移動も狩りも思いのまま。この状態なら絶対に負けないわ」

俺達と戦いながら、ずっと糸を張り巡らせていたのか。きっと、掌からしか糸が出ないと思わせておいて、蜘蛛のような下半身から糸を出していたんだろう。

相手が気づいたときには、斬座にとって絶対優位な戦場になっている。

これがSSランク斬座の必勝パターンか……。


「まあ、俺には関係ないんだけどな！」

身体の糸は無視して、俺は斬座に向かって全速力で走る。

移動するにつれて、周辺に張り巡らされた糸が俺の身体に引っかかる。だが俺はそれを気にせず、とにかく斬座に接近する。

よし、間合いに入った。胴体めがけて光刃《ライトセーバー》で斬りつけようとしたとき、斬座は聞き分けのない子供を諭すような口調で言った。

「だから、あなたの身体はワタシの思うがままなの。残念ね。あなたの負けよ」

斬座が指を揺らすと、俺の身体にまとわりついていた糸がピンッと張りつめる。

「さぁ、これで動けないでしょ――」

勝利を確信していた斬座の身体を、俺は縦一文字に斬り裂いた。


――訓練場が静寂に包まれる。

斬られた本人だけでなく、訓練場の外で観戦していた者達も言葉を失っていた。

「さてと、さすがに俺の勝ちでいいですよね？　だって、斬座さん死んでましたからね」

俺の言葉を聞いた斬座は、慌てて自分の身体を触って確認する。

「け、怪我してない？　どこも斬られていないわ！　ワタシのスキル『操り人形《マリオネット》』で完全に拘束したはずなのに、なんで自由に動けているのよ⁉」

「あれ、気づいてなかったんですか？　この武器の光の刃の部分は、消したり伸縮させたりできるんですよ。だから斬る瞬間に刃を消しました」

いつも光の刃の部分を消して、柄だけを腰にぶら下げてるから、皆知っていると思っていた。

「斬座の『操り人形《マリオネット》』が効かなかったのは、どんなからくりを使ったのだ？」

声のするほうを向くと、いつの間にかエンツォがそこにいて、質問を投げかける。

「ヒィイイイイイ。エンツォが出たぁぁぁぁぁ！」

「斬座、うるさいぞ。タクミの話が聞こえないだろうが」

どんなときでも、この二人の関係はブレないんだな。

「あれは俺のスキル『ルーター』の効果です」

「オレが知っている『ルーター』では、あんなことはできなかったと思うが……なるほど、進化させたのか？」

「まあ、コレを進化と呼ぶのかわからないですけど、『ルーター』にフィルタリング効果をつけました。ファイアウォール……って言ってもわからないか。簡単に言うと、特定のものを遮断する仕組みです」

「……まったくわからないのだけど」

目をパチパチさせる斬座を無視し、エンツォが口を開く。

「つまり『ルーター』に、糸を受けつけなくするよう設定したのだな？」

……マジですか。これだけの説明で理解するとか、どんだけ頭が切れるんだ。

「そんな感じです。ちょっと見ててください。今から実演しますから」

糸でぐるぐる巻きになったまま地面に横たわっているミアに、『ルーター』のスキルを込めたざくろ石を使った。

するとミアの身体を拘束するように絡みついた糸が、ミアを避けるように勝手にほどけた。

「う、嘘でしょ。この糸は一度捕まえたらミノタウロスだって解《ほど》けないのよ」

斬座が唖然としている中、訓練場の外から走ってくる四人組の騒ぎ声が聞こえてきた。

「す、すげぇぞ、あんた達！　あの斬座教官に勝つなんて！」

「どんな訓練を積むと、たった二日でそんなに強くなれるんだよ。本当に人族か⁉」

「一昨日は悪かったな。人族というだけで、なめていたぜ！　今度は――」

ナポリ達が興奮しながら話しかけているようだが、頭が朦朧《もうろう》としてきて返事はできなかった。

これまでの人生で一番過酷な二日を過ごした俺は、耐え難い眠気に勝つことはできなかった……。

◇

「寝ちゃったわね。あの子達。それにしても、どうやったらこんな急に強くなれるのよ」

その斬座の問いの答えは、オレにもわからない。だが、その正解を知ってるヤツは目の前にいる。

「……どうして、ワッチを見てるでありんすか？　オジさんには興味ないので、こっち見んなやでありんす」

「ヒィイイイイイ。あ、あんた、なんてこと言ってるのよ。相手はエンツォよ。子供でも容赦ないわよ」

何を言ってるんだ斬座は。どうやったかは知らんが、タクミ達の急成長には、この九尾が間違いなく絡んでいる。今後もタクミ達と一緒にいさせるのが、アイツらを守るためにはいいだろう。

そういう意味では、九尾の子を見つけたのが今日一番の成果かもしれんな。

オレは手を伸ばし、クズハの頭を撫でようとする。

ぺしっ。

……このクソガキ。オレの手が触れる前に振り払いやがった。どうやら、きちんと格づけする必要があるみたいだな。

とりあえず絶叫する斬座がうるさいので、睨んで黙らせる。

振り返ると、クズハが静かに手を挙げ、なにやら言葉を紡いでいた。

「暗き夜の中、傷ついた心と体、やすらぎと共に癒してほしいでありんす。四級妖術『月影の癒し』！」

クズハの手の先から、闇のカーテンのようなものが現れ、フワリとタクミとミアを包んだ。

「これで目が覚めたときは、二人とも元気になれるでありんす」

ほほう……魔物が自ら人族のために動くとは。それにタクミのことを旦那様と呼んでいたか。

あの二人はしっかりと手懐けているようだな。

しかも回復スキル持ち。クックック。どうやらオレも作戦を変更しなくてはいけないらしい。

二人を見習って、力による説得ではなく懐柔《かいじゅう》するとしよう。

「クズハ。貴様、なかなかすごいスキルを使えるのだな。少し話が聞きたいからこっちに来るのだ……って貴様、何か勘違いしているぞ。なぜ目を輝かせているのだ。戦うわけではない、貴様と話がしたいだけだ。くっ、年寄りの話は長いだと!?　いいからついてこい。……お菓子もあるぞ」

◇

——朝八時頃。

「レゴラスさん。なぜ王都の冒険者しかここに来ていないのですか？　私は周辺の街や村の冒険者も参加させるように言いましたよね？」

ここはエルフ軍、冒険者ギルド、メルキド王国軍による連合軍本部。会議の場でエルフ軍総大将のエルドールが声を張り上げる。

二年前に、人族の王都であるメルキドにエルフ族から派遣された大使だ。

「あなたは、我ら誇り高きエルフ族の一員なのですよ。しかも冒険者ギルド本部の最高責任者《グランドマスター》の立場です。すべての冒険者をこの戦争に参加させるのは当然じゃなくて？」

この質問、何千回繰り返せば、この偏執《へんしゅう》者は気が済むのか。

「何度も説明していますが、本来冒険者の役目とは、すべての種族のために魔物を討伐すること。故に種族間の戦争に参加させるべきではありません。そんなことをすれば、人族以外の種族からの信用は地に落ちてしまいます」

「そんなことは、わかっているわ。だけど、その種族の中に魔族は含まれないの。考えてごらんなさい。魔族は魔物からは攻撃されない。アイツらに冒険者なんて不要なのよ。それに、そもそも魔物はアイツらが生み出したもの。そのことを考慮すれば、冒険者がこの戦争に参加できない理由なんてないわ」

　はぁ……まったく話にならない。このエルドールは長老派のエルフ。つまりエルフ族至上主義者だ。自分達を神の使徒と考え、他種族は支配する対象としか見ていない。いや違うな。もう支配しているつもりだったか。

　こんなときにアリエル様がいてくれれば……。入れ違いでアーティファクトの調査に出かけたと聞いたが、まさか長老達がアリエル様の邪魔が入らないよう図ったのではあるまいな。

　エルドールの小言にうんざりしていたとき、会議室の扉が開き、一人のエルフの男が慌てた様子で入ってきた。

　この会議室の中には、私とエルドール以外にもメルキド王国軍大将のギブソンと、各軍の補佐官が集まっているが、伝令の男はエルドールにだけ報告をする。

　報告を受けたエルドールは嬉しそうな笑みを隠しながら、エルフ軍の関係者に向かって何やら話し始めた。

　少しすると、エルフ軍の席から歓声が上がる。

「エサに食いついたようですな！」

「フッフフフ。今回の作戦で一番難しいとされていたところが成功しましたか！」

「これで作戦は成功したも同然ですな」

「こんな些細なことで喜びすぎよ。私が指揮しているのですから、すべて成功するに決まっているでしょ」

……エサ？　一体なんの話だ。

それにエルドールの指揮が上手くいった？　あいつは長老達から忠実な犬として評価が高いだけの無能なエルフだ。エルフ軍の戦争屋どもが難しいと思えるようなことを、あのエルドールができるはずがない。いつも通り、あの方々が手を回したのであろう。

「さてと皆さん。今日のお昼ぐらいに、予定通り魔族軍が来ます。時間も戦場も私が想定した通りで、作戦に変更はありません」

あざとく自分の成果をアピールしたエルドールは、続けて口を開く。

「今回の戦の主役となる人族の皆さんは前線へ。遠距離攻撃が得意なエルフ軍は、本陣近くで待機。そして予定よりも少ない人数しか集まらなかった冒険者達は、遊撃部隊として使うので本陣近くで待機してちょうだい」

今回の軍事作戦に動員された兵力は、メルキド王国軍が一万人、エルフ軍が千人、冒険者ギルドから冒険者が三百人。そのうち百人は異世界人だ。すべての冒険者は王都メルキドにある冒険者ギルド本部にいた者達だ。本当ならこの戦場に冒険者は誰もいないはずだった。

こんなバカげた戦争に、冒険者達を参加させるなんてことは断固阻止するつもりだったのだ。

それを王都冒険者ギルドのギルドマスターであるドミニクが、私に隠してすべて手配してしまった。ドミニクは長老派のエルフで、卑しく小賢しい男だ。エルドールの犬として、今はメルキドで待機している。私がこの戦争で死ねば、ヤツはギルド本部の最高責任者《グランドマスター》の席にまた戻ることができるだろう。

つまり、私はこの戦争で敵からも味方からも討たれる可能性があるということだ。まったくもって胃が痛い。

おかしい。私がアリエル様に命じられた任は「今のグランドマスター《ドミニク》がゴミすぎるの。このままだとシラカミダンジョンの攻略が進まないわ。レゴラス、ちょっと行ってやってきてよ」だったはず。

アリエル様の指示通り、当時冒険者だったアーサー殿に依頼して、シラカミダンジョンの地下六階まで攻略することに成功。そうしたら、いつの間にか冒険者ギルド本部の最高責任者《グランドマスター》なんかにさせられていた。

「あなたの就任は計画通りだから安心して。とにかくシラカミダンジョンの攻略を達成させるの。ポイントは補給路よ。それを完成させるためにも、冒険者を大切にして戦力を底上げするの。あのバカ達の好きにさせてはダメよ」

それを聞いたときは「えっ、計画通りだったの？」と罠にはめられた気分でしたよ。

それにあなたから命じられたこの任、完全に長老会と対立しているじゃありませんか。

私もあの方々のことは嫌いですが、あまりに荷が勝ちますぞ。

「それではギブソン将軍も手はず通りにお願いしますわ。くれぐれもこの戦の目的をお忘れなきように」

「ええ、わかっています。こっちの心配はいりませんよ。それよりも、ちゃんとエサに引っかかったのか気になります。獲物がいないことには、どれだけ狩りの計画を立てても意味がないですからね」

　このギブソンという人物は、四〇代で強面だが面倒見が良く、部下からの信頼は厚い。そして、人族最強と言われているアーサーとメアリーからは、父のような存在であり、親友でもあると慕われているらしい。

　ドミニクの目がある手前、あまり交流を図れていないが、正直同じエルフ族のエルドールやドミニクよりも遥かに信用している。

「こちらを心配するなんて百年早いわ。王都の冒険者ギルドマスターのドミニクが、その点は抜かりなくやってくれたわ。ただ一筋縄ではいかない相手。決して油断しないようにね。道化師さん」

「あなた達が数年かけて考えた計画だ。上手くいくことを祈ってますよ。では、私は準備があるので失礼します。エルドール大使も抜かりなく準備をお願いしますね」

　ギブソン将軍の後を追うように、他のメルキド軍の兵士達も連合軍本部を出て行った。

　隣を見るとエルドールが怒りで顔を赤くし、ワナワナと震えていた。

「この私に『抜かりなく』だと……人族の分際で……アーサーよりも御しやすいというから使ってやったが、もし役に立たなかったら……。ドミニク、ヤツを推薦した貴様も連帯責任者として罰を与えてやる。フッフフ、フッフフフフフ」

今、なんと言った？　ドミニクがアーサー将軍の代わりにギブソン将軍を推薦した？

やはり今回の戦争の裏で糸を引いているのは、長老達ということか。

アリエル様、あなたは私に一体何をさせたいのですか……。

◇

——朝九時頃。

今、私とゲイルは国境近くの魔族の村だった場所にいる。

「……まさか。どうしてこんなことに……」

脈が早くなり、身体が火照る。

マズい、呼吸が苦しい……。

「カルラ様、お気をしっかり保ってください。敵が潜んでいる可能性もあります」

家という家は焼かれ、いたるところに戦闘の跡がある。

そして、血でできたであろう黒い染みが地面に点在していた。

「ゲイル、生存者は見つかった？　こっちにはいないわ……」

「こちらにも居ませんでした……が、どうかついてきてください」

そう言うとゲイルは歩き出した。

冷静を装っているけど、ゲイルの掌に爪が食い込んでいた。

ゲイルの後をついていくと、作られたばかりの簡素なお墓のようなモノがあった。

土が盛られ、墓標の代わりに木が立てられていた。

ゲイルは何も言わない。しかし、これが意味することは私にもわかる。

「お墓を作ったのはアレッサンドロ達よね？」

「はい。おそらくですが、村が襲撃されていることに気づいたアレッサンドロ様達は、この村を訪れたのではないかと。そして村人を弔った後、復讐のために追撃したと思われます」

そう言うと、ゲイルは一枚の布きれを私に見せる。

「……これが落ちていました。メルキド王国の紋章です……」

あまりにもわかりやすい挑発に、怒りにとらわれていた頭が逆に冷めていく。

「そう……この挑発のために村は襲われ、そのケンカを買ってしまったのね」

「アレッサンドロ様は、とても仲間思いな方です。戦争を回避するために、皆から慕われているアレッサンドロ様が指揮官に選ばれました。アレッサンドロ様達が村に到着したときの惨状によっては……その人選が裏目に出た可能性があります」

「アレッサンドロ達を追う前に、一度お父様に連絡したほうが良さそうね」

お父様とは『携帯念話機』ですぐに話ができた。

時折、『クズハ……やめろ。コラ、危ないだろ』という声が念話に流れてきたが、真剣な話の最中に、お父様は一体何をしているんだろうか？

『――という状況です』

『……そうか。ここまでやるとはオレも思っていなかった。そもそも、エルフ族と人族はこの戦争に勝利したところでメリットはないのだ。だが、ヤツらはこのタイミングにこだわった。何を企んでいる……』

お父様がここまで悩むのは珍しい。

『ゲイル聞いているな？　そこから国境までどのぐらいで着ける？　アレッサンドロ達が奇襲を計画している可能性もある。ドラゴンは相手に居場所を教えてしまうから使えないぞ』

『はい、聞いていました。ここから人族との国境までは、走れば三時間ほどです。一二時ぐらいに到着できるかと』

『タクミ達は激しい修行をこなし、まだ眠っている。今起こしても使い物にならんから、ギリギリまで休ませるつもりだ。だから現地に直接転送させる。お前達は現地に着いたらオレに連絡しろ』

『えっ！　ということは、タクミ達はレベル六〇を超えたの⁉　う、嘘でしょ……』

『いや本当の話だ。信じられんと思うがな』

本当に二日でレベル六〇になったのね。

タクミとミアじゃなかったら絶対に信じられないところだけど、あの二人だとありえるのよね。

『現地に着いたら、メルキド王国軍との戦争は始まっているだろう。オレの読みだと、エルフ軍は最初からは出てこないはずだ。メルキド王国軍だけと戦っている場合は、アレッサンドロ達は止めなくていい。無駄だからな。それに仲間を二度も虐殺されて何もなしでは面目が立たん。お前達は、我々に死者が出ないようにフォローしてくれ』

『撤退のタイミングは？』

『メルキド王国軍以外の第三者が戦場に出てくるか、仲間に重傷者が出たとき。あとは予想外の展開になったときも撤退だ。そのときは転送魔法陣を使って撤退しろ。現地に転送魔法陣を置いてくることになるが、それ単体では使い物にならんから気にすることはない』

『わかりました。現地に着いたら連絡します』

それからすぐに私達は出発することにした。

◇

――一二時頃。

魔族と人族の国境近くの森の中を、私とゲイルは駆けていた。

遠くから時折爆音が響き、空にはいくつもの煙が上がっている。

ここまで戦争のピリついた空気が風に乗って漂ってきていた。

「カルラ様、戦闘準備は大丈夫ですか？　アーサーがあちらの軍に到着するまでは、いっさいの情けや躊躇《ためら》いは厳禁です。あちらはこちらを殺しにきているのですから」

「え、ええ。大丈夫よ。確かに複雑な心境だけど、そんなぬるいことしないわよ。それよりも早くアレッサンドロと合流しましょう。さすがに全軍で突撃はしてないわよね？」

「我々魔族軍は千人。全員レベル六〇以上の精鋭部隊です。戦争経験はほとんどありませんが、個々の強さは間違いなく最強。単純な戦闘であれば簡単に負けるとは思えません」

「……慎重派のゲイルまでそういう考えなら、絶対に全員で突撃してるわ！　急ぎましょう！　あとお父様に連絡して、タクミ達の準備も急がせて」


――それから、ただひたすら走った。

お願いだから誰も死んでいませんように。

もうすぐ森を抜ける。

濃厚な戦場の熱がブワッと肺に広がる。

ここから前方二百メートルくらいの場所で、煙と塵が舞い上がっては消えている。

アレッサンドロ達の姿が見えない、やっぱり全軍で突撃したのね。

とにかくいったん態勢を整えないとマズいわね。

近づくにつれて剣と鎧の音が響き、爆発音が轟く。

……どうなってるの、これは？

森を抜けた私の目に飛び込んできた光景。それは魔族軍がメルキド王国軍を圧倒している姿だった。戦場の跡から見ても、前線をかなり押し上げていた。

私は一番近くにいた魔族の兵士に命令した。

「アレッサンドロはどこ！　急いで案内しなさい！」

「うるせぇぞぉ！　って、えぇぇぇぇぇ！　カ、カルラ様？　どうしてこんなところに」

「急いでるの。アレッサンドロのところまで案内して！」

その兵士は慌てて、最前線に向かって指を差す。

大将なのに先頭で戦ってるの？　何考えてるのよ。あのバカジジイ！

「ゲイル！　あのバカジジイをここに連れてきて！」

「わかりました。おいお前、オレがここを離れている間、カルラ様をお守りするのだ。絶対に怪我一つさせるなよ」

ゲイルはそう言うと、最前線に向かって駆け出した。

それを見送った私は、ゲイルの圧に怯えきった兵士の男に質問する。

「今の戦況を教えなさい」

「は、はい。一時間ほど前から戦闘が始まり、こちらが優勢です。自己強化系のスキルしか使えないところを見ると、あちらはメルキド王国軍だけで構成されていると思われます」

お父様の読み通りね。

メルキド王国軍の職業スキルは、攻撃と防御の強化系スキルだと聞いたことがある。

レベル差が大きい魔族軍相手では、まったく意味がないスキルだ。

こちらが呪いで弱体化していても、レベルは高いし魔法の面でも強い。

それから、何人か護衛に残った兵士からも状況を聞いていると、スキンヘッドで厳つい顔をしたアレッサンドロがやってきた。この風貌なのに愛嬌を感じるから不思議ね。

すでに老人と言える歳にもかかわらず、全身筋肉に覆われ二メートルを超える巨漢だ。稀《まれ》に魔物と見間違われることもあるらしい。

「おおっ！　カルラの嬢ちゃん、こんなところまで本当に来てたのかよ。ダメだろ！」

「何やってるのよ！　私が来るまでみんなを抑えておくのがあなたの役目でしょう！」

「いや、そうだったんだけどよ。あのクソどもに村の連中が皆殺しにされた。指をくわえて見ているなんてできねえよ。部下にも示しがつかねえ」

「村を襲った連中がメルキド王国軍じゃなかったらどうするのよ？」

「いや、それはないぜ。メルキド王国軍の紋章を見つけたからな」

「バカっ！　それがメルキド王国軍に見せかけるための策だったらどうするのよ？　魔族軍をおびき出すエルフ族の罠だったら？」

「……だけどよぉ、殺されたんだぞ。この戦場にはエルフのクソどももいる。全員殺せばいいじゃねえか。なんでワシ達だけが殺されなきゃならねぇんだ！」

さすがお父様。こうなることがわかっていたから、そのまま戦わせろって言ったのね。

「わかったわ。お父様にも事情は説明して戦闘の許可はもらってる。ただし、撤退に関する命令も受けてるわ。だから私が合図したときは、必ず指示に従って」

「おっ！　話がわかるじゃねえか。わかった。撤退に関してはカルラの嬢ちゃんに任せる。戦いながら、皆に伝えておくぜ」

「ちょっと待って。あと一つ大事なことがあるの。お父様がタクミとミアという人族を援軍としてここに送ってくるわ。彼らは敵じゃないから攻撃しないようにね」

「人族だと⁉　そんなヤツが役に立つのかよ。まあ、エンツォの大将が送ってくるなら、何か意味があるんだろうがな。わかった。それも伝えておく。それじゃあ、ワシはもうちょい暴れてくるわ」

アレッサンドロは堅鋼《アダマンタイト》製の金棒を振り回しながら、メルキド王国軍に突撃していった。

彼が駆け抜けた後に赤い土煙が舞い上がる。

「ま、魔物が現れたぞ！　魔族が魔物を召喚したぞ」

「前衛、盾で抑え込め！　その隙に槍で突けぇぇぇ！」

「くそぉぉぉ！　この化け物、なんて硬さだ。物理攻撃が効かないぞ」

アレッサンドロはやっぱり魔物に間違われるのね。それにしても、槍で突かれても傷一つつかない筋肉ってどうなってるのよ。

隣にいるゲイルも呆れたような表情を浮かべていた。

「さすがはアレッサンドロ様。いつもながら相手に同情してしまうほどの戦いっぷりです」

「そ、そうね。あれの心配はいらなそうね。ゲイル、タクミ達を呼ぶのに、どこに転送魔法陣を設置すればいいかしら？」

「それでしたら……あのあたりだと周りに味方がいるので、敵にやすやすと突破されることはないかと」

戦況が優位な今のうちにタクミとミアを呼ぶことにした。

◇

——訓練施設の一室。

俺達は一時間前にエンツォに起こされ、食事と出発の準備を終わらせたところだ。

エンツォからカルラ達の状況は聞かせてもらった。

戦争はすでに開戦し、魔族が圧倒的に優勢。

そしてアーサーはまだ戦場に着いていないとのことだ。

「タクミよ。当初の予定と状況は変わってしまった。すまないがアイツらを連れ戻してくれ。ゴンには状況を説明して許可はもらってある」

エンツォからお願いしてくるなんて珍しいな。

俺としては戦場には行きたくなかったが、ここにいるみんなにお世話になった手前、さすがにそれは言えなかった。

ミア、今回はジト目をしなくても大丈夫だぞ。

出発するにあたり、魔族軍にカルラとゲイル以外の知り合いがいないのが気になっていた。乱戦になった場合、魔族から攻撃されたりしないよな。

エンツォと話をしていると、それを聞いたナポリ達が俺達も行くと言い出した。

嬉しいけど、彼らはまだ修行中だったのでは？　そう思っていると、エンツォが口を開く。

「お前達はまだ未熟。戦闘に参加すれば足手まといになるだろう」

「だけど、俺達にも何かできることがあるかと……」

「ならば、お前達にはアイツらとタクミ達の仲を取り持つ仕事を与える。我々の軍のなかでタクミ達のことを知っているのは、カルラとゲイルとお前達だけだ。任せたぞ」

役目を与えられ、パッと顔を明るくしたナポリ達に向かって、俺とミアもよろしくと伝えた。

ナポリ達が来てくれるなら、後ろから魔族に襲われる心配はなさそうだ。

そういえばこの二人はどうするんだ。

「エンツォさんと斬座さんは行かないんですか？」

「オレも初めは行くつもりだったんだが、ヤツらの企みがわからんのだ。村が襲われたことを考えると、ここを離れるわけにはいかん。ゾフで戦士といえるヤツらは全員戦場へ出払っているからな」

「ワタシは行ってもいいんだけど、人族の前に行くのはあまり好きじゃないのよね。ほら、ワタシってこんな容姿でしょ。奇異の目でジロジロ見られるのよ。人族が味方じゃなく、敵だったら何も問題ないんだけど」

……敵なら問題ない？　あっ、やってしまうということですか。

「そういうことなら、クズハも連れていけないか」

「「えっ？」」

ミアとクズハが、二人同時に俺を見た。

「いや、斬座さんがダメなら、クズハもダメだろ。尻尾だって隠してもすぐ出ちゃうし」

「うぅ……あっ、大丈夫！　証拠は残さないでありんす」

お前も斬座と同じ考えか！

「クーちゃん、それはダメよ。そんなことをしたら、世界中から狙われることになるわ。だから記憶を改ざんすればいいのよ。できそう？」

いやいや、「できそう？」じゃないからね。そんな物騒なことはやめてください。

クズハが魔物という話を聞いて、ナポリ達が騒ぎ出す。

「えっ？　その子は魔物なのか？」

「バカか？　人族の子供が耳と尻尾のアクセサリーをつけているだけだろ」

「ああ、確か異世界人がコスプレって呼んでるやつだろ」

……こっちの世界にコスプレがあるだと!?

ミアが俺の外套の裾を、クイッと引っ張る。

「今の聞いた？　クーちゃんはコスプレで通じるんじゃない？　斬座さんは無理だと思うけ

ど」

まあ、斬座は下半身が蜘蛛だからな。あの蜘蛛の部分はリアルすぎて誤魔化せないだろう。

ミアの提案に、クズハも賛成とピョンピョンと跳ねる。

「ワッチは絶対に変身を解かないから、大丈夫でありんすよ。それに旦那様とミアっちが危ないとき以外は見てるだけにするから。一緒にいたいでありんす」

ミアとクズハが、懇願するような目で俺とエンツォを見つめる。

だんだん、この二人の行動パターンが似てきたのは気のせいだろうか。

観念したようなため息をエンツォはついた。

「わかった。ついていくことを認めよう。しかし、もしクズハが魔物とバレた場合、お前達の使い魔としておけ。異世界人の中には『テイム』というスキルで、魔物を従わせる者がいるそうだからな」

テイマーがいるのか⁉　いや、あれだけ有名なジョブとスキルだ。いない方がおかしいか。

隣でミアが悶え始めたが、見なかったことにしよう。あいつにテイマーを近づけてはいけない気がした。

「タクミ。オレはついていけん。だからこれを一時的に貸す。気難しい刀だが、お前達の助けになるだろう。それにオレがお前達を信頼している証明にもなる」

エンツォは一振りの刀を取り出し、俺に手渡した。

それはエンツォと戦ったときに見た『魔刀断罪』だった。

刀を手に持つと鼓動のようなものを感じる。何コレ？　……怖いんですけど。

鞘に収まっている状態でこれだ。鞘から抜いたらどうなってしまうのか。

「ヒィィィィイ。ば、化け物でありんす……」

声のした方を見ると、クズハがミアの後ろに隠れてガタガタと震えていた。

ＳＳランク以上のクズハがこんなに怯えるなんて、この刀は一体なんなんだ？

「気づいていると思うが、そいつは普通の武器じゃない。無闇に抜こうとするなよ」

魔王様、それはフリでしょうか？

とりあえず俺は『魔刀断罪』を右手首の高速収納ブレスレットに収納した。

「タクミ大丈夫？　なんかすごい汗かいてるけど……」

「ああ、正直ビビったよ。刀を持つだけで、本能が恐怖を感じるんだ。あれを使いこなせるエンツォさんはヤバすぎる」

「旦那様。あの刀は呪われてるから捨てたほうがいいでありんす！」

「クズハ、勝手に捨てるんじゃない。呪われてもいないし、オレの大事なモノだと言ってるだろうが」

「これだからオジさんは嫌いでありんす。もう遊んであげない」

「ぐっ……遊んでやってるのはオレのほうだろうが」

なんだこの二人、いつの間に仲良くなったんだ。

——それから少しすると、カルラから『携帯念話機』に連絡がきた。

『タクミ、聞こえる？』

『ああ、エンツォさんとミアにも聞こえているよ』

『本当なら戦場ではなく安全な場所から帰るだけだったのに……手伝ってくれて本当に助かるわ。ありがとう。こちらの戦況は圧倒的に優位。ただ、そのせいで前線がかなり深く連合軍側へ進んでしまったの。だから、まとまって撤退するのが難しい感じよ。とにかく急いで来てほしい』

『カルラ、聞こえるな。こちらからはタクミとミア以外にも連れが数人行く。詳しくはタクミから聞いてくれ。とくに子供はタクミとミアに任せておけ。我々の軍のヤツには絶対に関わらせるな。死人を出したくなければな』

酷い言われようだけど、確かにその方法が一番良さそうだ。

『お父様、わかりました。みんなにはきちんと伝えます。あと、こちらの準備はできているので、いつ来ても大丈夫です』

この後、俺達は転送魔法陣を使い、ゴンヒルリムにある入出管理棟を経由して戦場へ向かった——。

◇

転送魔法陣の先に広がる激しい戦場を見て、俺は言葉を失った。

煙や塵が舞い上がり、あちらこちらで兵士の雄叫びや悲鳴が上がる。

周りを見渡すと地を這う者や、傷つきながらも戦う者の姿が……。

彼らの表情には、取り憑かれたような激しい殺意がみなぎっていた。

「これが、本当の戦場……」

ミアが吐露《とろ》する。俺もまったく同じ感想だった。

日本育ちの俺達には、この混沌とした光景を受け入れるのは難しかったのだ。

そんな俺達の周りでは、魔族の兵士達が驚きを隠せない表情を浮かべていた。

「タクミ、タクミ、ちょっとしっかりしてよ」

ん？　あっカルラか……まずい、完全に気後れしているな。

遊びや観光に来たんじゃないんだ。しっかりしろ！

俺は自分の頬を両手で叩き、気合いを入れる。

「すまん。もう大丈夫だ。状況は念話で聞いてるけど、今からすぐに撤退はできそうか？」

「難しいわね。前線が奥へ進みすぎて、陣形が縦に伸びてるのよ。今、敵から側面をえぐられたら分断される恐れがあるわ。そうなると前線の兵士は包囲される。だからといって間延びしないように前線の後を追うと、より敵陣深くに入ってしまう。そうすると――」

「エルフ軍や冒険者ギルドが出てくるか」

「ええ、その通りよ。だから、前線の兵をこの場所に連れ戻したい。それから魔族領方面の森へ全軍を後退させる。森の中から転送魔法陣で撤退すれば、連合軍は私達がまだ森の中にいると思って、ずっと警戒し続けることになるわ」

「良い案だ。だけど、それができない理由はなんだ？」

「アレッサンドロが強すぎるの。一人で突き進んでいるわ。侵攻が速すぎて追いつけない。そして彼の部下では、アレッサンドロは止められないわね」

俺は時間が惜しいので、ざくろ石に込めてある『スキャン』を使った。

アレッサンドロ……あった。こいつか。

さらに『ｐｉｎｇ』を使ってアレッサンドロのいる位置を特定する。結構、離れているんだな。

「わかった。俺が連れ戻してくる。だから、みんなはカルラの作戦を進めてくれ。ミアはクズハを頼む。絶対に目を離さないように」

そう言い残して出発しようとしたとき、ゲイルから呼び止められた。

「タクミよ。言える範囲でいいのだが、その子は何者なのだ？　魔力密度が濃厚すぎる……異常なほどにな。それに耳と尻尾が生えているが……」

よく見るとゲイルの額から汗が流れていた。

「さあ、クーちゃん。挨拶して」

「ワッチはクズハ。史上最強の魔物でありんす。旦那様とミアっちの言うことしか聞かねえんで、そこのところよろしくでありんす」

パコーン！

「この馬鹿狐！　あれほど秘密だと言っておいただろうがっ！」

俺はクズハの頭を叩くと、ケモ耳を引っぱり、クズハだけに聞こえる声で言った。

恐る恐るカルラとゲイルの様子を見てみる。

「今、魔物って言わなかった？」

「やはりあの耳と尻尾は本物だったのだな。しゃべれるところを見ると、特殊個体《ネームド》か？」

やっぱりバレてた。

何やってんだコイツは。お仕置きに頭をグリグリすると、クズハは涙目になっていた。

俺はグリグリに力を入れていない。だから自分がやらかしたことに気づいたんだろう。

「エンツォさんの許可はもらっている。詳しい話はミアから聞いてほしい。じゃあ俺は行ってくる」

すまん、ミア。後のことは頼んだぞ。

アレッサンドロに設定した『ルーター』を自分の左手にかけ、右手で思いっきり叩く。

するとあら不思議。右手ごと俺の身体はアレッサンドロめがけて飛んでいった。

——俺の向かう先では、メルキド王国兵達が漫画のように血しぶきを上げながら吹き飛ばされていた。その光景を作っているのがアレッサンドロだ。エンツォ曰くクソジジイ。

彼に近づくにつれ、巨大な魔物が金棒を小枝のように軽々と振り回している姿がハッキリと見えてきた。いや、魔物じゃなくてアレッサンドロか。

アレッサンドロの身体に俺の右手が触れようとした瞬間、俺めがけて金棒が振り下ろされる。

まあ、突然の訪問だ。そうなるよな。

俺は慌てることなく心の壁バリアで棍棒を防ぎ、アレッサンドロに声をかける。

「はじめまして、俺はタクミといいます。カルラからの伝言です。撤退――」

ガゴォォン、ドゴォォン。

「撤退しますので、アレッサンドロ将軍には、一度カルラのいるところまで引き返して――」

グゴォォン、バゴォォン。

「オラァァァ、くそ硬ぇな。なめるなよ！　ウルァァァァァァ！」

ダメだ、コイツ。俺が話してる間も、ひたすら棍棒で殴ってくる。

その間、メルキド王国兵達が槍や剣でアレッサンドロを必死に斬りつけているが、ダメージが入っている様子はない。

どうしよう……ここまで話が通じないなんて想定外だな。ナポリでも連れてくれば良かったか。しょうがない。あまり触りたくなかったけどコレを使うか。

（女性に向かってあまり触りたくないとか、失礼なヤツだねぇ……）

ん？　何か声が聞こえたような……気のせいか。

俺は気にせず、右手首の高速収納ブレスレットから『魔刀断罪』を取り出した。

持っただけで背筋が凍り、全身に鳥肌が立った。

俺が手にした刀に気づいたのか、アレッサンドロが殴るのを止めた。

「小僧ォ、それをどうしたんじゃ！　『断罪』ではないかァ！」

「そうだ。エンツォさんから預かった。俺はタクミ――って、ぬをぁぁぁぁぁぁぁぁぁぁぁぁ！　詳しい話は後だ。急いでカルラのところまで撤退してくれぇぇぇぇ！」

俺はそう叫びながら、急いで『魔刀断罪』を収納し、ここから逃げ出すように来た道を戻る。

見てしまった。俺は見てしまったのだ。

アレッサンドロの側で、着物姿の金髪の女の子がジーッと俺を見ているのを。

しかも、周りの誰も気づいてないとか……。

あの女の子から、刀と同じ気配を感じた。この刀、絶対に呪われてるだろ！

よし、このことは忘れよう。もう取り出すこともないだろうしな。


――俺がカルラ達のところまで戻ってくると、ミアがそっと俺の横にやってきた。どうも様子がおかしい。

「タクミ、お疲れ様。実は困ったことが……周りからの視線が痛いんだよね。それでクーちゃんが暴走しそうで……」

ミアに言われて、耳を澄ましてみる。

「なんで、人族のやつらがここにいるんだ。敵じゃないのか？」

「アイツらのせいで俺達の仲間が……」

「人族がなんの役に立つんだ！　しかもガキまで連れてきてるぞ」

なるほど……クズハはこの険悪な空気にあてられてるわけね。

「カルラとナポリ達は、周りに俺達のこと説明してないの？」

「説明してくれて、少しはマシになってこの状況なの。カルラさん達が居ないところでは、あんな感じなんだよね」

まあ、しょうがないよな。彼らにしてみれば、俺とミアはなんの実績もないからな。

しかも人族との戦争の真っ最中だ。捕虜ならまだしも、味方なんて言われても難しいだろう。

ましてや、ここに来る直前に住人が惨殺された村を見ているんだ。

ピリつくのも無理はない。

『魔刀断罪』を見せれば一発なんだろうけど、俺はもうアレに触りたくない。

俺は、クズハに状況を説明しようと振り返る。

するとミアに抱っこされているクズハに向かって、魔族の若い兵士が近寄ってきた。

クズハは鼻にしわを寄せて嫌悪感を露《あら》わにしている。

「ここはガキの遊び場じゃねえぞ！　ん？　なんだコレ」

魔族の若い兵士はあろうことか、クズハの尻尾を掴んで引っ張った。

バカ！　やめろ！　お前死ぬ気か⁉

「……氷にて……永遠の眠りに……四級妖術『氷結』」

クズハがボソッと何かを唱えると、ピキィィィィンと甲高い音と共に、魔族の兵士は一瞬で氷に覆われてしまった。

周りがザワつき出す。クズハはそれらを威嚇するかのように、粘着性を帯びた異様に濃厚な殺気を周りにばら撒いた。

「クズハ。気持ちはわかるがやめなさい。彼らは味方だ」

「味方？　味方ならどうしてワッチ達のことをバカにする？　こんなヤツらは放っておいて帰るでありんすよ」

「クズハ……」

「それとも、いっそ全員殺しちまえば……」

クズハの黄金の瞳が、淡く妖艶《ようえん》に輝き出す。

九尾の尻尾を触った行為がどういうことなのかわからないが、これはマズいな。クズハを止めるのは簡単だが、それは悪手だ。俺の見えない場所でやらかす可能性が大きくなってしまう。

ふぅ……本当にやるのか？　やらないとダメなのか？

これが一番手っ取り早いのはわかっているが、本当に心臓に悪いんだよな。

くそがぁ！　俺は諦めて高速収納ブレスレットから『魔刀断罪』を取り出した。

「お、おい、あれエンツォ様の『断罪』じゃないのか⁉」

「なぜ人族が持っている……」

「なんでエンツォ様以外が持って無事なんだ？

おい。最後の物騒な台詞はなんだ？　無事なんだ？」無事ってなんだよ。

俺の姿を見たカルラとゲイルも、目が飛び出るんじゃないかというぐらいビックリしていた。

クズハもミアの後ろに回り込み、ガタガタと震えている。

「ちょ、ちょっと！　お父様は何を考えているのよ。すぐにしまって！　タクミ死ぬわよ‼」

死ぬ？　初耳なんですけど！

(安心おし。あの子に頼まれてるから喰いやしないよ。クックククク)

声が聞こえたと思ったら、アレッサンドロのところで見た着物姿の女の子が目の前に立っていた。

くっ……本能からくる恐怖で膝がガクガクしそうになるのをなんとか耐える。

「お、お前は一体何者だぁ⁉」

俺が叫ぶと、周りがザワつき出した。

「あの人族、突然叫び出したぞ」

「あいつ、誰としゃべってるんだ？」

ちっ、やはり俺以外は見えていないのか。

（そうだよ。そしてワタシの声もお前にしか聞こえていないよ。それにしても、幽霊でも見るかのような態度はいただけないねぇ。まあ子供だから仕方がないのかねぇ）

え、幽霊じゃない？　なんだよ。驚かせるなよ、紛らわしい。

それに子供って、お前の方がずっと子供じゃないか！

（クックククク。こう見えても、五百歳を軽く超えているんだよ。目上の者を敬うことも知らないんだから、やはり子供さね）

……まさかのロリババアだったのか。

（クックククク。小僧、お前にはみっちりと――）

あっ、ごめん。今は忙しいんだ。長話はまた今度にしてくれ。

俺は急いで刀を高速収納ブレスレットに戻した。

（あっ、ワタシにこんな扱いをして――）

何かしゃべっていたようだけど、着物姿の女の子も消えてしまった。

「と、とにかくだ。俺達はエンツォさんに頼まれてここへ来た。刀がその証拠だ。これでも文句があるのなら、後は直接エンツォさんに言ってくれ」

ふぅ……なんだかどっと疲れた。もう嫌だ。マジで帰りたいんだが。

その後、クズハは妖術を解除して氷漬けにした魔族をもとに戻した。そして、泣きながら俺にしがみつき謝ってくる。

「勘違いするなよ。さっきのは、クズハに怒ったわけじゃないからな。それよりも、お前にも見えていたのか？」

クズハはものすごく怯え、俺を掴む手に力が入る。そして俺の胸に顔を埋めたまま、一回頷いた。

あのロリババアは一体何者なんだ。確かに異様な力を感じるが、幽霊じゃないとわかった俺にとってはどうでもよくなった。

とりあえず一件落着したことに安心していると、カルラが俺の前までやって来た。

そして多くの魔族が見ている前で、俺達に深く頭を下げる。

「我が国の者が大変失礼な態度をとり、本当に申し訳ありません。どうか謝罪をお受け取りいただけないでしょうか」

魔族の王女であるカルラの謝罪の言葉に、周囲の魔族達は静まり返った。

なるほど……この機会に一気に済ませようということね。

「謝罪を受け入れます。俺達はエンツォさんの依頼でここに来ました。俺とミアは人族だけど、ドワーフ族の大使でもあります。人族を信用するのは難しいでしょうけど、ともに戦うために来たのでよろしくお願いします」

そう言ってカルラと俺達は握手を交わした。

それからは俺達に対する魔族の扱いは一八〇度変わった。

「カルラ、さっきのはあれでよかったか？」

「ええ。まさか『魔刀断罪』を持ってきているとは思わなかったわ。おかげでお父様の依頼であると同時に、信頼の厚い人物だと証明できた。そしてミアとクズハには不快な思いをさせて本当にごめんね」

「気にしなくていいですよ。雨降って地固まるって言いますし」

「次、尻尾を触ったら殺すでありんす」

……ク、クズハさん。目がマジなんですけど。

尻尾を触る行為が何を意味するのか知らんけど、俺も気をつけないとな。


それからしばらくすると、アレッサンドロ達が戻ってきた。

「おい、小僧ォ。なぜお前が『魔刀断罪』を持っておる？」

アレッサンドロが威圧するような目で俺を見てくる。

あまりその話をしたくない心境なのだが。

まあ、俺もあの場では何も説明せずに帰ったからしょうがないか。

「エンツォさんから、言うことを聞かないヤツにはコレを見せろと預かった。俺はタクミ。カルラとゲイルの仲間だ。人族だけどドワーフ族の大使でもある」

「大将から『断罪』を預かっただと！　あの気配は間違いなく本物。人族の小僧に預けるとは意味がわからん！」

そんなことを俺に言われても、エンツォが何を考えているかなんて知るわけがない。

続けてカルラ、ゲイル、ナポリ達が説明し、俺達が味方だとどうにか納得させていた。

魔族軍が撤退のために陣形を整えるのに合わせて、連合軍の陣形も王国軍、冒険者ギルド、エルフ軍の三層からなる横陣になっていた。

さっきまで戦場にいなかった冒険者ギルドとエルフ軍が出てきたのだ。

とうとう敵も本格的に仕掛けてくる気になったのか？

俺としては、その前に撤退したいところだが、一つ懸念があった。

俺達が撤退すると、近くの魔族の村がまた襲われる可能性についてだ。


その後、魔族軍は魔族領近くの森まで後退した。

ここで頃合いを見て、森の中から転送魔法陣で撤退する予定だ。

その間、連合軍はこちらを追ってくることはせず横陣隊形のままだった。

部隊の調整を終えたゲイルとアレッサンドロが、布で作った簡易的な本部に戻ってきた。

「みんな集まったようだから、今後の作戦について話し合うわよ」

ここには、カルラ、ゲイル、アレッサンドロ、ミア、クズハ、俺がいる。

せっかくだからカルラの許可をもらい、エンツォとアーサーにも念話を接続した。

「――ということで、一度ここから撤退しようと思うの」

戦況報告でわかったのは、魔族軍の死者はゼロ。軽傷者一〇二人。全員ポーションで治療済み。

連合軍側はメルキド王国軍の死者は約千人。負傷者は約二千人ということだ。

魔族軍の強さが際立った報告内容だった。

ちなみにエルフ軍と冒険者ギルドは戦闘に参加していない。

ただ俺達の基本戦略は人族、魔族、ドワーフ族で正式に同盟を締結した後、エルフ族と戦うこと。

だから、戦争を優勢に進めているように見えて、実は仲間内で削り合ってることになるのだ。

「カルラの嬢ちゃん、話はわかったが今撤退するのは無理だぞ。ワシ達がいなくなれば近くの村が襲われるかもしれん」

アレッサンドロの意見は、俺も懸念していたことだった。

だからアーサーの力が必要になる。

『アーサーよ。ここへは何時頃に着けそうなのだ？　開戦してしまった以上、きっちり両軍が同意した上で停戦する必要がある。そうすれば近隣の村が襲われることも、しばらくはないはずだ。そのためにも連合軍はアーサーにまとめてもらいたい』

ゲイルの質問にアーサーが答える。

『たぶん……あと二時間以内には着けると思います。連合軍の説得は僕に任せてほしい。メルキド王から勅令をもらっているしね』

少し間を置き、アーサーは話を続ける。

『――僕が言うのもおかしな話だけど、油断はしないでほしい。冒険者ギルドには異世界人、エルフ族には魔道具があるからね。とくに冒険者ギルドには『死神』と呼ばれている異世界人も来ているはずだ。タクミ達と同じタイミングでこの世界に来たのに、既にSランクの強者だ。彼女が出てくると戦況が大きく変わる恐れがある』

Sランクか……スキルがチート級なのは間違いないな。

問題なのは、スキルの効果だな。

即死効果とかは勘弁願いたい。

この後も、具体的な停戦条件や戦争を継続した場合の対応についてなど、会議は続いた。

第7話 詭謀

――一六時頃、僕達は連合軍本部に到着した。

メルキド王国からここまで、不眠不休で馬を走らせた。メアリーのスキル『魔法の鞘の加護』を馬にかけて移動するという、僕達にしかできない裏技だ。

連合軍に合流した後、すぐに本部へ向かう。

今は作戦会議中らしく、話を聞いてもらうにはちょうど良かった。

会議の場に向かうと、そこにはメルキド王国軍大将のギブソン、冒険者ギルド本部の最高責任者《グランドマスター》のレゴラス、エルフ族大使兼エルフ軍大将のエルドールがいた。

たった三人？　それ以外の将兵や事務官はどうした？

「あらアーサー将軍、遅かったわね。もう少し早く来られれば王国軍の犠牲者の数も少なかったでしょうに」

エルドール。お前が僕にタクミ達を追うよう命じたのだろうが。

それにしても妙だな……僕がここに来るのは想定外だったはず。

なぜ、まるでこの戦場に来ることが前提になっているような反応をしている？

「ではアーサー将軍は、ギブソン大将の隣にでも座ってもらおうかしら。それでいいわよね？」

「いえ、まず先に報告があります。私がここに来たのは、陛下よりギブソン将軍に代わってメルキド王国軍を指揮するよう勅命を受けたからです。故にメルキド王国軍の総大将には、これより私がその任に就きます」

陛下からの勅命をギブソンに見せた。

ギブソンは一読した後、反抗することなく席を僕に譲った。

「さっそくですがメルキド王国軍の総大将として、一つ提案があります。この戦争、メルキド王国は撤退させていただく。それにあたり魔族軍と停戦したい」

——どうした？　周りの反応が薄い。

エルドールは猛反対してくると思っていたんだけど。ストレートに言いすぎたか？

もしエルフ軍と冒険者ギルドだけでこのまま戦い続ける場合、王国軍は少し離れた場所まで撤退した後、軍を再編成してから魔族軍と連携する手はずになっている。

エルドールは全員の顔を見た後、口を開いた。

「アーサー将軍の提案を採用しますわ」

——今、なんと言った？　僕の停戦案を採用すると聞こえたが……。

「どうしたのです？　アーサー将軍が言い出したことですよ。そんなに驚かれるなんて心外ですわ。あなたがここに来る前、ギブソン将軍からも停戦案が出て、ちょうど話し合っていたところなのよ」

僕が来る前から停戦について話し合っていた？　……だから三人だけの密談だった、と。

しかもギブソンが停戦案を出していた？

王国内の世論を戦争へと押し進めたのは、ギブソンだったんじゃないのか？

「ただし、停戦するためには停戦交渉の場を設ける必要があるわ。誰がこちらの代表として行くかで揉めていたの。私が行こうとしたんだけど、ギブソン将軍が反対するのよ。それだと火に油を注ぐことになるらしいわ」

止めるのは当たり前だ。この女がなんの企みもなく交渉の場に行くわけがない。

停戦交渉の場でエルドールを討つわけにもいかないから、リスクはあれどメリットは一つもない。

「では、私が代表として行くのはどうでしょうか？　ギブソン将軍もそれなら安心できるかと」

この場にいる全員があっさりと賛同してくれた。

エルドールはメルキド王国に大使として赴任してから、何かにつけて僕の意見に反対してきた。なのに、この場では僕の意見にすべて賛同している。

……計画通り進み、順調なハズなのに、徐々に道が逸れていくような不安な気分だ。

この違和感を払拭できないまま、停戦の条件などについて話し合いは続いた。

これらの内容については、事前にカルラ王女と調整済みだ。そして連合軍からの停戦条件は、とくに反対されることもなく僕の案が採用された。

こうして漠然とした不安を抱えたまま、停戦に関する会議は終わった。

しかし、エルドールが去り際にニヤリと笑ったのを僕は見逃さなかった。

その笑みに悔しさや失望は感じられず、周りを見下すような傲慢《ごうまん》さがにじみ出ていた。

ヤツにとって想定外の展開のハズなのに、なぜあんな表情ができるのか……。

内にある不安の色がどんどんと濃くなっていく。

「アーサー将軍。あのエルドール殿の様子から、何か企んでいると思われます。油断されないように」

話しかけてきたのは、人格者と評判の高い冒険者ギルド本部の最高責任者《グランドマスター》レゴラスだった。

王都メルキドには冒険者ギルドが二つある。一つは街や村にある冒険者ギルドと同じく、冒険者にクエストを依頼するための施設だ。もう一つは、すべての街や村にある冒険者ギルドを管理・運営する冒険者ギルド本部。

レゴラスは、後者のギルド本部の最高責任者だ。

「ご忠告ありがとうございます。しかし……失礼な物言いになるかもしれませんが、なぜレゴラス殿が戦場にいるのですか？　冒険者ギルドがこの戦争に参加しているとは聞きましたが、王都の冒険者ギルドだけのはず。それならば王都冒険者ギルドのギルドマスターであるドミニク殿が来るものかと」

王都冒険者ギルドのギルドマスターはドミニク。今回、裏で暗躍をしているのは、この男のはず。この戦場にいないとなると、ヤツは今頃どこで何をしているのだ？

「アーサー将軍だからお話ししますが、お察しの通り冒険者をこの戦争に参加させたのは、ドミニクが秘密裏に行ったことです。そのことに気づいた私は、周辺地域の冒険者ギルドを止めることはできましたが、王都の冒険者ギルドだけは間に合いませんでした。当初の予定よりも参加者が減ったことに激怒したエルドール殿は、私に冒険者達を指揮させることで責任を取らせたわけです」

「では、本来はドミニク殿が来る予定だったと。それにしても、なぜ断らなかったのですか？　レゴラス殿のお立場なら、それもできたかと」

「はい。相手がエルドール殿なら断れました。ですが、彼女はただの操り人形。それが理由ですかね」

レゴラスは自嘲気味に笑った後、自身の力不足を謝罪した。

「あっ、もう一つだけ忠告を。此度の戦争は、大きい策略の一つに過ぎないと私は思っています。

その絵を描いた人物は、当然ですがエルドールではありません。あの方々の中には、シラカミダンジョン攻略の件であなたに恨みを持つ者もいます。どうか十分にご注意ください」

そう言い残してレゴラスは会議の場を出ていった。

本当にエルフ族らしからぬお方だ。僕は少し彼のことを勘違いしていたのかもしれない。

それにしてもシラカミダンジョン攻略か……。エルフ族の悲願でありながら、僕が原因でプロジェクトは頓挫した。次の計画の目処は、いまだに立っていないと聞く。

しかし、それが原因だとしたら、なおさら僕達に危害を加えられないはず。なぜなら、シラカミダンジョン攻略の可能性が一番高いのは僕とメアリーだからだ。

おっといけない。それを考えるのは後だ。

今、会議の場には僕とギブソンの二人しかいなくなった。

陛下を裏切るようなギブソンの行動。その真意を確かめるなら今がチャンスだ。

「ギブソン……話があります。時間は取れますか？」

「ああ。だが手短に頼む。レゴラス殿から、停戦するなら冒険者を説得するのを手伝ってくれと頼まれているのだ」

「わかりました。では手短に。今回の戦争参加までの経緯は聞いてます。なぜ陛下を裏切るようなマネをしたのですか？」

僕はストレートに聞いてみた。

「――それには理由がある。だが今は言えないのだ。明日、きちんと説明する。俺を信じてほしい」

そこには僕の恩人であり、親友であり、家族でもある男の顔があった。

そんな言い方はズルいじゃないですか……。

ギブソンは一呼吸してから口を開く。

「明日だ。明日、絶対にお前とメアリーに教える。なぜ俺が今回の戦争に手を貸したのかを。だからアーサーは停戦交渉を必ずまとめてくれ」

そしてギブソンは会議の場を去ろうとしたが、何かを思いついたかのように歩みを止めた。

「今回の停戦交渉でアーサーが不在の間、メアリーは俺が守ろう。広範囲に及ぶ攻撃を受けた場合、メアリーのスキル『魔法の鞘の加護』では、お前達のどちらかが負傷する危険があるからな」

その言葉を残して、ギブソンは会議の場を去った。

ギブソンは僕とメアリーのスキルのことを知っている。

僕が裏で魔族軍とつながっていることを知らないのだから心配されて当然か。

まあ、何かあったときはメアリーが自身に加護をかければ問題ないだろう。

ギブソンと別れた後、王国軍の部隊長以上を召集した。

このメンバーは以前から僕とつき合いがあり信用できる。

彼らに、エルフが魔族の王女を攫って、人族と魔族の戦争に発展させた経緯や、エルフ軍と冒険者ギルドがいつ敵になってもおかしくない状況であることを伝えると、ほとんど驚きはなく、すんなりと受け入れられた。

どうやら、みんな今回の戦争について、疑問を抱えていたらしい。

その後、タクミ達と念話をつなぎ、明日の作戦について深夜まで話し合った。

◇

――翌日九時頃。


魔族領と人族領の国境付近にある広大な平原。そこに停戦交渉の場が設けられた。

テントのようなものはなく、敷物の上に机といくつかの椅子が並べられているだけだ。

魔族軍、連合軍は共にその場から百メートルほど離れた位置で対峙している。

この場には連合軍からは僕が、魔族軍からはカルラ王女が代表として出席し、その他には各軍から文官が数人出席していた。

タクミ達は魔族軍の先頭、停戦交渉の場から一番近くで待機しているのが見える。

僕が王国軍を掌握した今、王国軍が彼らの味方になることはあっても敵になることはない。

それでも何が起きるか予断を許さない状況だ。

タクミ達が近くにいてくれるのは心強い限りだ。

連合軍は、停戦交渉の場に近い順からメルキド王国軍、冒険者ギルド、エルフ軍が待機している。

エルドールとレゴラスは、本部ではなく、それぞれの軍に戻って指揮をとっている。

ギブソンはメアリーと一緒に、王国軍の中央で待機中だ。

本当なら、敵であるエルフ軍や冒険者ギルドから遠ざけ、僕の近くにいてもらいたかった。

しかし、僕と魔族軍の関係を知らないギブソンから反対されてしまい、妥協案として中央に待機してもらっている。普通に考えれば、敵である魔族からメアリーを遠ざけるよう意見するのは当然だろう。

――双方の準備が整ったので、僕とカルラ王女が座る。

それに続き文官達が座った。あちらの文官はゲイルだった。

文官なのだから、せめて紙とペンぐらい持ってきてほしかったが……。

「それでは、これより停戦について――」

「クックク。私はエルドール。連合軍の総大将をやっているわ」

突然、拡声されたエルドールの声が辺りに響き渡った。

声のする方向を見ると、空のあちらこちらに球体が浮かんでいた。

あれはもしかしてスピーカーの役割をする魔道具か？

「魔族の皆さん。今、王女の目の前にいる男はアーサーと言って、あなた方の同胞を殺した男よ。あなた達バカよね。やっと逃げた王女を、こうも簡単に処刑人の前に連れ出すなんて……」

……何を考えている。

「さあ、アーサー将軍。計画通り、魔族の目の前で王女を惨たらしく殺してしまいなさい！」

この周辺は各軍の精鋭で守られている。そんな甘言をささやいたところで暴走する者などいない。

「愚かなりエルドール。そんな嘘に踊らされる未熟者など、ここにいるわけがない。カルラ王女、我々も甘く見られましたね？」

現にカルラ王女やゲイルは無反応だ。

ん……、なんか二人の顔色が優れないのは気のせいか？

そんな心配をしていると魔族軍のほうから大きな叫び声が上がった。

「お嬢ォォォ！　逃げるんだァァ！　このジイが助けるぞォォォ！」

なんだあの巨体の男は……魔物？

つられて周りの魔族もオロオロし始める。

おいおい、嘘だろ。

どうなっているのかと、カルラ王女とゲイルに視線を送ると、二人ともうつむいていた。

「ま、まさか……こんな手に引っかかるのか⁉」

カルラ王女とゲイルが慌てて席を立ち、止めに行こうとしたときだった。

ここへ向かってくる怪物のような男の前に、一人の女の子が現れた。

あれは日本の……巫女姿？　……尻尾が生えている？

そして女の子は小石のようなものを、巨体の男に投げつけていた。

わ、わけがわからない。

このままだと、あの子が危ない。助けに行かないと。

そう思った次の瞬間、突然巨体の男がくるりと走る向きを反転させた。

なんとかして、こちら側に向きを変えようとするが無理みたいだ。

その男の走る先にはタクミがいた。タクミはその男と何か話しているようだ。すると、男は突然立ち止まり、地面に座り出した。

今、タクミが何かスキルを使った？　その光景を見ていると、タクミから念話の着信が入る。

『驚かせて悪かった。まさかあんな手に引っかかるとは思わなくてな』

『それはいいんだけど、今のはスキルを使ったのかい？』

『ああ。『ルーター』という新しいスキルなんだけど、説明すると長くなるから後で話すよ。エルフが仕掛けてきたから、停戦のプランは中止かな？　カルラどうする？』

停戦交渉中に、エルフ軍と冒険者ギルドから奇襲を受けるケースも想定済みだった。

その場合のプランも、もちろん用意してある。

『そうよね。こうなったらプラン変更よ。打ち合わせ通り、魔族軍と王国軍による逆襲プランでいくわよ！』

◇

何やら魔族軍の方で騒ぎがあったようだけど、お兄様は無事のようね。

まあ、何かあっても私が『魔法の鞘の加護』をかけているから大丈夫なんだけど。

「あら、つまらない。そこまで単純じゃなかったのね」

拡声されたエルドールの声が響く。

相変わらずの上から目線。隣にいるギブソン様も少し呆れた顔をしている。

「じゃあ、相手を変えようかしら……」

その直後、王国軍の後方のいたるところで爆発が起きた。

よく見ると、軍のさらに後方から魔法や矢が飛んできている。

冒険者ギルドが王国軍を攻撃してきたのだ。

だけど被害は少ないようだ。みんな落ち着いて対応できている。これはお兄様が昨夜のうちに、停戦交渉中に冒険者ギルド、エルフ軍から襲撃される可能性があることを示し、そのときの対応策を軍内部に説明していたからだ。

「全軍、反転せよ！　敵は魔族軍にあらず。冒険者ギルドとエルフ軍だぁぁぁぁ！　各隊、予定通り行動開始せよぉ！」

お兄様の声が響く。

私の隣にいるギブソン様が頷き、馬に乗る。

「メアリー。ここから避難する。急いで馬に乗ってくれ」

馬に乗ったギブソン様が手を伸ばし、私を馬上へ引き上げてくれた。

「これから移動する。落馬しないようにしっかりと俺につかまってるんだ！　俺がいいと言うまで絶対に離さないように！」

「わ、わかりました」

その後、ギブソン様は味方の間を縫うように馬を走らせる。

私も落馬しないようにギブソン様の腰をしっかりとつかんだ。

うっ、うっっ……この揺れは気を抜くとすぐに落馬しそうですわ。

あまりに激しい動きで方向感覚を失っていると、お兄様から念話が届いた。

『メアリー、ギブソンはどこに向かっている？　予定では僕と合流するはずだが』

お兄様……こんなときに念話は……うっ、馬の揺れで気持ち悪いですわ。

『ごめんなさい。揺れが酷いし、方向も目まぐるしく変わって……。口を開くと舌を噛みそうで、ギブソン様にも聞けませんわ』

『メアリー達は我が軍の陣から抜けようとしている。少し冒険者ギルド寄りに移動しているんだ』

目の前から王国兵の姿が消え、無人の荒野に出た。どうやら王国軍の陣を抜け出したようだ。

戦場から遠ざかるように、誰もいない荒野を駆けていく。

蛇行する必要がなくなったのか、やっと揺れが落ち着いてきた。

「ギブソン様。どちらへ行くつもりですか？　自陣から離れてしまいます」

「もう三分は経ったでしょう。この距離なら……大丈夫そうですね」

ギブソン様はそう言うと、腰に回している私の手を急に掴んだ。

驚いた私は手を振りほどこうとしたけど、ギブソン様は手を離してくれない。

何か様子がおかしい。それにいつもと口調が変わったような……。

「ギブソン様、こんなときにおふざけはやめてください。それよりも本陣へ戻り――」

どうしたのでしょうか……。

お腹の辺りが……熱い……。

「メアリーさん。騙してごめんなさい。あなたの犠牲は無駄じゃないですからね。私がしっかりと引き継ぎますから……」

私のお腹にはショートソードが刺さっていた。

一体いつの間に……ギブソン様は……前を向いたまま馬に乗っていたのに。

片手で手綱《たづな》を持ち……もう片方の手は私の手を……掴んで、両手は塞がっていた……はず。

意識が薄れていく……せめて。

『お……お兄様。……ギブソンは……にせ……もの』

「メアリーさん、ダメですよ。まだ気を失ってはいけません」

ぐはッ……お腹に突き刺さったショートソードを捻り上げられた。

『メアリー、どうした？　何が起きている⁉　早く加護を自分に戻せぇ！　メアリー！　加護を戻すんだぁぁ！』

お兄様の……声が……加護？

そうですわ。加護を私にかけないと……。

え？　なぜ？　……スキルが発動しない。

「ふっふふふ。あはははは。メアリーさん。お疲れ様でした。これであなたのお役目は終わりです。あとはゆっくりと休んでください」

掴んでいた手を離された私の身体は地面に落下し、そのまま意識を失った。

第8話　死神

「メアリィィィィィィィィイイイ！」

　メアリーを捜索していたアーサーの悲痛な叫びが、辺りに響く。驚いた俺は、彼の視線の先を追った。

　馬の脚元に、ショートソードが突き刺さったまま横たわる人の姿が見える。

　アーサーのあの取り乱しよう。まさか……あれはメアリーなのか？

「ミア、クズハ。メアリーが危ない。俺についてきてくれ」

　彼女達は、俺が指差すほうを見て、すぐに状況を理解した。

「え、あ……そ、そんな……クーちゃん、ついてきて。絶対に助ける！」

　それにしても、どうなっているんだ！

　あの馬に乗っているのがギブソン将軍だよな。味方じゃなかったのか⁉

　くそっ、下手に近寄ると、メアリーを人質に取られる恐れがある。

　アーサーはメアリーに向かって走り出しているし、このままだとマズい。

『アーサー止まってくれ！　そのまま行ってもメアリーが人質に取られて、間に合わなくなる。俺達がメアリーを助ける。だからアーサーはアイツの注意を引きつけてくれ！』

『くっ……。わ、わかった。すまない。メアリーを頼む！』

俺の念話で我に返ったアーサーは、走る速度を徐々に落とし、ギブソンに話しかける。

俺達はこの隙に王国兵を壁にしながら移動する。ギブソンに気づかれないようメアリーのもとへ向かうんだ。

「ギブソン！　なぜだぁ！　なぜ、裏切ったぁぁぁ！」

「アーサーさん、落ち着いてください。私は裏切っていませんよ。だって、ギブソンさんじゃないですからね」

馬上にいるギブソンの身体が光に包まれる。

そして光が霧散したとき、そこには一人の若い女性がいた。

紫色の髪と瞳で可愛らしいという表現が似合う顔つきだ。

服装や装備品も、さっきまでギブソンが身につけていた物とは違っていた。

「き、貴様はミムラ！　なぜ『死神』がここにいる！　ギブソンをどこへやった⁉」

あいつがSランク冒険者の『死神』？

「大変申し上げにくいのですが……ギブソンさんはお亡くなりになりました」

「亡くなった？　……バ、バカな」

「本当ですよ。極秘クエストだったんです。依頼の内容は秘密ですけど、私がそのクエストをクリアしたので間違いないです」

……ん？　どういう意味だ。

あいつがギブソンを殺したということか？

まるで他人事のように話しているけど、そういうことで……合ってるんだよな。

「あっ、いけない、いけない。メアリーさんを殺さなくてもクエストはクリアなんですけど、殺せば追加報酬が出るんだっけ？」

ミムラと呼ばれた女は、ポケットから折りたたまれた紙を取り出し、書かれている内容を確認する。

「やっぱりそうでした。メアリーさんに恨みはないんですけど、せっかくなので……」

そう言うと、ミムラは馬から下りた。

メアリーの横まで歩き、お腹に刺さっていたショートソードを躊躇《ちゅうちょ》することなく引き抜く。

その瞬間、メアリーのお腹から血があふれ、ビクッビクッと身体が痙攣《けいれん》した。

アーサーは顔を歪め、震えながら声を出す。

「や、やめろ……やめてくれ……」

ミムラは表情を少しも変えず、ショートソードを振り上げた。

「メアリーさん、あちらで少し待っていてください。すぐに大好きなお兄さんも行きますからね。ありがとうございました」

そして……剣はメアリーの首に振り下ろされた――。

感情のない刃が首に食い込み、皮膚を切り。

さらに細く柔らかい筋肉を切断しようと刃が押し込まれる。

その刹那、焦げた匂いが漂うと共に空気を振動させ、赤い閃光が煌めいた。

「ふぅ……ギリギリ間に合った」

俺はミムラがメアリーに意識を集中させたのに合わせて、『ルーター』でミムラめがけて移動した。そして光刃《ライトセーバー》でヤツの胴体を斬りつけて吹っ飛ばしたのだ。

……ちょっと待て。

俺は胴体を斬りつけたのに吹っ飛んだ？　……切断されたのではなく？

吹き飛んだ先で横たわるミムラの姿を確認する。胴体はつながったままだ。

するとミムラは何事もなかったかのようにムクッと起き上がり、自分の服が破けた辺りを触り出した。

バカな……。俺が斬りつけた箇所は少し赤くなっているだけで、血も出ていない。

この現象はどこかで見覚えがある。……まさか!?

「急に斬りつけるなんて酷いじゃないですか。まあ、これがリアルな戦争ってやつなんでしょうけど。メアリーさんに感謝ですね。危うく死ぬところでした」

笑顔のミムラは、俺の全身に、下から上まで舐め回すような視線を送った。

「その赤く光る剣って……光刃《ライトセーバー》!?　もしかして、あなたがタクミさんですか？　ちょっと待ってくださいね……」

ミムラは、またポケットから折りたたまれた紙を取り出して確認を始める。

「やっぱりだ。タクミさんもクエストの討伐対象。……しかも私と同期の異世界人でしたか！　その武器どうやって作ったんですか⁉　いろいろ教えてほしいことがあるのに困ったな。まあ、最悪それをもらえればいいかな。ドロップ品扱いなら、討伐者がもらえるはず。うん。これは楽しみですね」

こいつが『死神』……俺達と同じ時期に転生してきたSランク冒険者。

俺が斬りつけたのにノーダメージって、どう考えてもメアリーの『魔法の鞘の加護』の効果だよな。

そして、メアリーが瀕死の状態ということは、『魔法の鞘の加護』が使えなかった。もしくは使えなくなったか。

……そうなると、こいつがメアリーのスキル『魔法の鞘の加護』を奪ったと考えるのが、一番辻褄《つじつま》が合う。これは非常にマズい。一番関わり合いたくない類のスキル持ちだ。

『タクミ、こっちはＯＫ。安全な場所まで移動中。もうちょっとお願い』

『……わかった。もう少し時間を稼ぐ』

この場からすぐにでも逃げ出したいんだけど、やるしかないよな。

「ミムラさんも異世界人ですよね。エルフ族に味方する理由って何かあるんですか？　それとも魔王討伐を目指しているとか？」

「ああ、言いたいことはわかりますよ。安心してください。エルフが正義で、魔族が悪だとか、そんな先入観はありません。どの種族が良い悪いとか、そんなものはどうでもいいんですよ。最終的に私がこの世界をちゃんと作り直しますからね」

何を言ってるんだ、コイツは……。

「ここだけの話、私にとって異世界人って邪魔なんですよね。中途半端に知識があるじゃないですか。だから、私の物語から退場していただくのが一番良いかなって。だって、この世界の主人公は私ですから！」

ミムラはニヤリと笑い、俺のほうへゆっくりと近寄ってくる。

まったく攻撃してくる気配がない。手には何も持たず、まるで散歩しているかのようだ。

ん？　さっきまで持っていたショートソードはどこへいった？

——ゾクッ。背筋に冷たいものが走る。

俺は慌てて心の壁バリアを全方位に張った。

キイイイインと甲高い音が背後で鳴り、八角形のバリアがショートソードを弾く。

後ろを見ると、影から生えた手がショートソードを握っていた。

俺が慌ててその場から移動すると、影から生えてきた手は消えて、ショートソードが地面に落ちる。

……なぜ消えた？　俺は周りを見渡して、あることに気づく。

ミムラの影だ。俺がさっきまでいた場所は、ミムラの影と俺の影が重なっていた。

たぶん、ミムラは影を操作できるスキルを持っている。

条件は、自分の影とつながっている影といったところか。

パチパチパチパチ。

ミムラはにっこりと笑いながら拍手し、軽く頷く。

「すごいです。初見で『影人形』を防ぐなんて本当にすごいですよ！　これを手に入れるとき、私でも怪我したんですよ。今の八角形のバリアはスキルなんですか？　あっ、メアリーさんのスキルをもらったので、もう防御系のスキルはいらないのか……。けど……あのときも………コレクションにするのもいいかな」

何かボソボソとつぶやいている。

その隙に陽の差す方向を考え、今のうちに影が交わりにくい場所へと移動する。

ミムラの独り言は終わったらしく、俺に顔を向けてきた。

「とりあえず、やりかけのクエストを終わらせておきましょうか」

ミムラが右腕を掲げると、そこに一本の光の矢が現れた。

そして、人差し指を伸ばした右腕をメアリーに向けて振り下ろす。

光の矢はミムラが指差した方向に高速で飛び、メアリーの身体に突き刺さった。

しかし、それと同時にメアリーの身体が跡形もなく消え去る。

「あれれ、おかしいですね。メアリーさんが消えてしまいました」

ミムラの表情から笑みが消え、冷ややかな目で俺を睨んでくる。

『ミア、こっちはバレた。メアリーはどうなった？』

『クーちゃんの妖術で回復したので、もう大丈夫。アーサーさんにも連絡したよ。今、カルラさん達のところまで避難した』

『よしっ！　ミアとクズハは、作戦通りそのまま医療班として動いてくれ』

俺がミムラと話している隙に、ミアとクズハにはメアリーを救出してもらった。

クズハが隠密系の妖術を使えて助かった。

矢が刺さって消えたメアリーは、もちろんミアの『現実絵画《だまし絵》』で作られた偽物だ。

ミア達が安全な場所まで避難できたので、もう時間を稼ぐ必要はないな。ミムラが意外とおしゃべりだったので助かった。

「どうやら逃げられてしまったようですね。まあ、メアリーさんのクエストはクリアしています。殺すのはオマケみたいなものなので良しとしましょう。今のメアリーさんなら、いつでも殺せますし」

ミムラが俺をジロジロと見てくる。

……嫌な予感しかしない。

「私はタクミさんのほうが絶対に厄介だと思うんですよ。けど、あの人達に言ってもわかってもらえないでしょうね。残念ですが、メインクエストに戻るとしましょう」

そう言うと、ミムラは「ファイアー」と叫び、空に向かって炎球を三発放つ。

すると冒険者ギルドの攻撃がやみ、エルドールのけたたましい笑い声が周囲に響いた。

「……フフフッフフフ。アハッ、アハ、アッハハハハハハ。とうとうやりましたね。ミムラさん、ご苦労様でした。もう用事は終わりましたので、これより掃討作戦に移ります。一人残さず殲滅しなさい。クックック。アッハハハハハ――」

エルドールの声が聞こえなくなると、エルフ軍と冒険者ギルドの陣形が大きく変化していく。

冒険者ギルドの後方にいたエルフ軍が左翼へ移動し始めた。

魔族軍もそれに合わせるように、メルキド王国軍の右翼へ移動する。

それによりメルキド王国軍と冒険者ギルド、魔族軍とエルフ軍がちょうど対峙する形になった。

兵数は王国軍が七千人、魔族軍が千人。

冒険者ギルドが三百人、エルフ軍が千人と、数の上では圧倒的にこちらが有利だ。

劣勢にある連合軍側は横一列に並び、薄く長い横陣隊形をとっている。あんなに薄くて大丈夫なのか？　簡単に分断されて各個撃破されそうだけど。

ミムラを見ると、微動だにせずそれを眺めていた。

一対一で戦える場面だが、正直倒し方が思いつかない。

この状態で戦闘をしても、こちらの手の内を見せるだけで、追い詰められるのは俺の方だ。

アイツが動き出す前に、何か手を考えないと……。

そんな俺の考えを見透かしたように、ミムラが俺に声をかけてきた。

「タクミさん。私はそろそろ行きますね。あなたのスキルには、とても興味があります。ですが、今は優先しないといけないことがあるんで。だから……死なないでくださいね。まあ、あなたにはバリアがあるから大丈夫だと思いますけど」

そう言うとミムラはメルキド王国軍に向かって歩き出す。

「ちょ、ちょっと待っ――」

えっ、なんだあれは？

こちらを包囲するように横長に展開していた連合軍の兵士達が、いつの間にか赤い石を手に持っていた。

まさか……あれはざくろ石⁉

『ミア！　敵の手にざくろ石がある。威力のある範囲攻撃スキルが込められていたら、非常にマズいことになる。急いでカルラにそのことを伝えてくれ。俺はアーサーに説明する』

念話を切り、急いでアーサーにつなぐ。

『アーサー。ヤツらの持っている赤い石は、スキルを込めることができる石だ。強力な遠距離攻撃がくるぞ！』

俺の話を待っていたかのように、一斉に連合軍が手にするざくろ石が光り輝く。

石から解き放たれたスキルや魔法は、さまざまな模様の光の残滓を描きながら王国軍と魔族軍を襲った。

それはまるで自然災害のように、炎が猛威を振るい、風が竜巻と化し、雷光が天空を貫いた。

やられた……。ざくろ石の特性に、エルフ族も気づいていたのか。

ヤツらは冒険者ギルドでいくらでも魔石を集められるし、異世界人をたくさん抱えているから、いくらでもスキルを込められる。ざくろ石を使う上で、これ以上ない環境だ。

魔法やスキルが乱れ飛び、身体が焼かれる者、全身を風に斬り刻まれる者、死傷者が続出していく中、力強い声が戦場に響いた。

「引くなぁぁぁ！　止まればやられる！　次を撃たせるなぁ！」

「オオオォォォォォ！　全軍突撃しろぉ！　足を止めるなぁぁぁ！」

「相手に近づけぇ！　乱戦に持ち込むんだぁ！」

味方を鼓舞するアーサーとゲイルの突撃の合図に、兵士たちも呼応する。

まだ魔法やスキルの効果が戦場を舞う中、彼らはそれらを無視して突撃していく。

二発目のざくろ石を使われる前に、連合軍を討つつもりだ。

負傷者が多く出ているが、このままいけばなんとか間に合いそうだ。

そんな鬼気迫る突撃を受けているというのに、連合軍はまったく慌てる様子がなかった。

しかも手には二発目のざくろ石ではなく、杖のような物を持っていた。

……嫌な予感がする。

ヤツらは一斉に手に持った杖を地面に突き立て始めた。すると高さ一〇メートルぐらいの青い光の柱が杖から放たれた。光は、杖と杖を結ぶように横へと広がっていく。

そして気がつくと、巨大な青い光は王国軍、魔族軍と連合軍の間を隔てる壁となっていた。

突然の出来事に兵士の足が止まる。その隙に連合軍は光の壁から離れていく。

「距離を空けさせるなぁ！　二発目がくるぞぉぉぉ！」

その声に応えるように、魔族軍と王国軍は再度動き出した。

先頭を走る魔族の兵士が青い壁に触れた瞬間、身体から火花が飛び散り、パァンと弾けるような音がした。兵士は黒い煙を上げながら、焼けただれた姿で背中から倒れた。

第9話　二人のギルドマスター

――今から五年前。

メルキド王国に『異世界人』の英雄が誕生した。

当時、Sランク冒険者のアーサーとメアリーだ。

世界中が魔物で溢れかえってから、シラカミダンジョンの地下四階を突破する者はいなかったが、アーサーとメアリーの率いるパーティは、半年かけて地下六階まで攻略したのだ。

王都では攻略階層記録を大幅に更新した偉業を称える式典が行われた。

長老会の掲げる目標である最深部の攻略を悲願にしていた我がエルフ族でも、その一報は歓喜で迎えられた。

とくに冒険者ギルド本部の最高責任者《グランドマスター》の私にとっては、神からのお告げのごとく心身共に救われた。

当時シラカミダンジョン攻略には、大量の冒険者パーティや魔道具を投入したが、成果を出せていなかった。そのため、私はエルフ族の長老達から責任を追及されていた。

そんな終わりの見えないプロジェクトに、一筋の希望がもたらされたのだ。

今回は食料がなくなり、地下六階までの到達となったが、次回はそこまでのルートはわかっている。

地図を作りながら攻略を繰り返せば、いずれ最深部にたどり着けるだろう。生息する魔物が倒せなくなるまでは。

その点、アーサーとメアリーは優秀だった。

二人は我らエルフ族が危険視するほど強かった。

エルフ族の最高機関である長老会では、アーサーとメアリーの力を脅威と感じ、早いうちに芽を摘むべきという派閥と、シラカミダンジョン攻略のための駒とするべきという派閥に分かれていた。

今は地下六階まで攻略した実績に後押しされ、後者の意見が多くを占めている。

しかし、ここで問題が起きた。

王都冒険者ギルドのギルドマスターだったレゴラスが、今回の成果が認められて私と入れ替わる形で本部の最高責任者《グランドマスター》に就任したのだ。

クソッ、クソッ、このクソッたれがぁぁぁ！

このドミニク様の功績を盗み取りやがって。今思い出してもはらわたが煮えくり返るわ！

それに、この人事は不可解だった。レゴラスは二年前にアリエル王女の推薦で、王都冒険者ギルドのギルドマスターに就任していた。つまり無能なくせに、コネでギルドマスターになったクソ野郎。

アリエル王女は長老会と犬猿の仲だった。それなのに、なぜか長老会が支配する冒険者ギルドの頂点に王女の犬が座ったのだ。

悲劇はこれだけではない。

アーサーがメルキド王国の『剣聖』という要職に就任し、メアリーと共に冒険者ギルドを脱退した。

つまり冒険者ギルドからの指名クエストという方法で、シラカミダンジョンを攻略させられなくなってしまったのだ。

それならと、冒険者ギルドのほうからメルキド王国へ正式に依頼したが、『剣聖』が長期不在になってしまうことを理由に断られてしまった。

アーサーを手駒にしたことで、メルキド王は忘れてしまったのだ。人族が、エルフ族の奴隷でしかないということを。

ギルドマスターの権力を使い、現実を思い出させようといろいろ手を回したが、アーサーとメアリーとレゴラスによって、さまざまな企みは潰されていった。

そう、同族であるレゴラスのクソ野郎にも、ことごとく邪魔をされたのだ。

レゴラスに何度も文句を言いに行ったが「巨大なシラカミダンジョンの攻略に必要なのは補給路だ。そのためにも冒険者の底上げをしながら、補給路を確保していく時期だ。それができてから、アーサー将軍に改めてお願いに上がればいい。邪魔をするな」などと、ほざきやがる。

あの二人の暗殺を計画したこともあったが、長老会が許可することはなかった。

シラカミダンジョンを攻略できそうな人材が他に見つからなかったからだ。

――それから五年が過ぎた。ちょうど、今から四か月ほど前のことだ。

メルキド王国の各地に異世界人が現れた。

異世界人は手はず通り、冒険者ギルドに加入させられる。

私が本部の最高責任者《グランドマスター》をしていた頃、アーサーとメアリーの申請書を確認したことがある。

そのときの衝撃は、今でも覚えている。

『勇者』『賢者』『聖女』といったありふれたものではなく、過去に誰も書いたことのないような職業。

意味がわからず、本人達に聞くと『剣』と『剣の鞘』だという。

はじめはバカにしていたのだが、彼らの成長速度はすさまじく、驚かされた。

私はその経験から、聞いたこともないような職業に就いた異世界人はマークするようにしていた。利用価値のある異世界人は、人族ではなく、我らエルフ族に恭順させなくてはならないからだ。

それには、この世界の知識がないうちに囲うのがいい。早ければ早いほどいいのだ。

そして、とうとう現れた。

職業『チートスキル強奪で世界最強になった主人公』に就いた異世界人。

それがミムラだ。

あまりに意味不明。まるで物語のあらすじのような職業。アーサーとメアリー以上に衝撃を受けた。

職業としては理解に苦しむが、『チートスキル強奪』の言葉に私は興味を抱いた。

これが予想通りのスキルであれば……私の計画に反対する長老会を頷かせることができそうだ。

それからは、ギルドの職員による情報収集だけでなく、隠密行動に長けた部下にミムラの日々の行動を監視させた。

三日後、部下から驚くような報告が上がる。

「この三日間、ミムラは異世界人と二人だけのパーティを組みました。そして……パーティメンバーを殺しました」

「どういうことだ？　ミムラは異世界人を一人殺したということか？」

「……違います。三日間で三人の異世界人を殺しています。クエストに出発するたびに、毎回殺しているのです」

どういうことだ？

同郷であるはずの異世界人を殺すメリットはなんだ？　彼らは大切なエルフ族の資源だ。

もし本当なら、やめさせなければならんが……。

「そして驚くべきことに、ミムラはスキルが使えるのです！」

部下は興奮しながら机に両手をつき、身を乗り出す。

「ヤツは異世界人だ。スキルが使えることは珍しくあるまい」

「それが……こ、殺した相手のスキルが使えるようになっているのです。三日間で三回、それを確認しましたので間違いありません！」

や、やはりそうであったか！

殺した相手のスキルを奪えるのか⁉

「しかも、一度はこれから殺す相手のスキルを使って殺したんです！」

なんと対象が生きた状態でも奪えるのか！　それはかなり使い勝手の良さそうなスキルではないか。

私はギルド職員に命じて、ミムラをこの執務室に呼んだ。


「あ、あのぉ……申し訳ありませんでした。私が未熟なばかりに――」

異世界人の女は部屋に入ると早々に、頭を下げて謝罪してきた。

どうやら異世界人が死んだことに対する事情聴取だと思っているようだ。

「そんなことはどうでもいい」

「そんなこと……ですか？」

「回りくどいことは無しだ。ミムラ、私はお前が気に入った。手を組まないか？」

仲間殺しの事実を伝え、脅して従わせることは簡単だ。

しかし、それは弱者に対してのみ使える手段。

この女のように、いずれ強者になる者には使えない。

そんなことをすれば、寝首をかかれるだけだ。

「おっしゃっている意味がよくわかりませんが……こんな失敗ばかりの私の、何が気に入ったのでしょうか？」

私は今まで報告を受けた内容をミムラに説明する。

驚くどころか、薄ら笑いを浮かべて私の話を聞いていた。

「……そうでしたか。こんなに早くから警戒されているとは、予想もしていませんでした」

「お前のスキルは確かにすごい。相手のスキルを奪えるのだろ？　お前はこの先、間違いなく最強の冒険者になるだろう。しかし、それには協力者が必要だ。すべてをもみ消せる権力。理想的なのはギルドマスターあたりだと思うが……違うか？」

「……話が早くて助かります」

ミムラの『相手のスキルを奪う』能力は、それ単体では戦闘の役に立たない。

つまり、強くなるためには優秀なスキルをたくさん奪う必要があるのだ。

今のミムラは、まだ一般的な冒険者と比べても弱い。

そんなヤツが、安全に相手からスキルを奪うにはどうする？

もっとも重要なのは、相手のスキルを奪えるという事実を知られないことだ。

相手が知ってしまえば警戒されるし、逆に出会ってすぐ殺される危険もある。

その点、この世界に来たばかりの異世界人は都合が良い。

そいつらが持っているスキルの内容を知っている人間は少ない。

スキルを奪って自分が使ったとしても、誰からも疑われることはないからな。

だからミムラは、早々に三人の異世界人に手を出したのだろう。

しかし、それも徐々に難しくなっていく。

優秀なスキルほど、その使い手とスキルの内容が知れ渡っていくからだ。

だからミムラは欲しくなる。

自分の無実を証明してくれる人を。

冒険者ギルドのギルドマスターなど、まさにうってつけであろう。

「私は王都冒険者ギルドのギルドマスターだ。お前の無実を証明するには、これ以上の存在はおるまい。さらに、スキルを奪う機会を提供してやろう」

どうだ？　こんなにうまい話はないだろう。弱みを握られているのに、お前が喉から手が出るほど欲しい環境を用意してやるというのだ。

しかし、ミムラの表情が硬くなる。警戒させてしまったか？

だが、それでいい。何も考えずに飛びつくような迂闊なバカでは、組むに値しない。

「……それで私に何をしてほしいのですか？」

まあ、警戒したところでお前の選択肢は一つしかないのだがな。

「三つだ。一つ目はあるスキルを奪ってもらう。我々の調査では、このスキルの効果は『不死身』だ。どんな攻撃を受けても死ななくなる。持ち主は『剣聖』か、その妹の『姫』のどちらかだ」

「そんなチートスキルをもらえるなんて、むしろこちらからお願いしたいぐらいですね」

「二つ目は『剣聖』を殺せ。こいつさえ死ねば、人族はエルフ族に屈服する。お前がメルキドの王になりたいのなら、王にしてやってもいいぞ」

ミムラはニヤリと笑った。

「……『剣聖』。お城で私達にいろいろ説明してくれた人ですね。確か……アーサーさんでしたか」

「あの男は人族最強だ。ただでさえ桁違いの攻撃力を持つのに、スキルによって『不死身』なのだ。まともに戦っても絶対に勝てん。ヤツを倒すには『不死身』のスキルを奪う必要がある」

「わかりました。残りはなんですか？」

「三つ目は、この世界で最高難易度のダンジョンであるシラカミダンジョンの攻略だ。どれだけお前が強くなったとしても、最深部まで攻略するには数年はかかる。だから、先に前の二つを終わらせてから取りかかってもらう」

ミムラは少し考えた後、口を開いた。

「その条件でいいですよ。どれも私にとっても都合が良いし。最高難易度のダンジョンクリアも、物語にはお約束の展開ですから」

「では、これにサインしろ。これは契約魔法で作られた契約書だ。先に言っておくぞ。契約違反や契約を反故にするとお前は死ぬ。異世界人のお前なら、契約書の文字は読めるだろ？　しっかりと確認しておけ」

　私はミムラに契約書を渡した。

　じっくり読まれたところで問題はない。この自己中心的な女が断るなんてありえないからな。

「……私があなたを殺した場合も契約違反になるんですね。これは、間接的に殺した場合も契約違反になるんですか？」

「契約魔法だから、関与したかどうかは誤魔化せんよ」

「……これはおもしろい。保護される対象はあなただけで、ほかのエルフ族を殺しても契約違反にならないんですね」

「お互いにその方が良かろう」

「なるほど。この契約で、あなたはエルフ族に対しても優位に立てる。あなたがいなくなれば、誰も私を止められなくなると……」

「すべてはお前が強くなってからの話だ。今のままではなんの脅威にもならんからな」

　こうして、私とミムラは手を組んだ。

　ミムラのスキルは『奪魂』だ。

『奪魂』は、相手の魂に組み込まれた『スキル』と『経験値』を奪う。

奪ったスキルは『スキルの素』と関係が切れてしまうため、それ以上スキルが成長することはない。

ただ、この『奪魂』の発動条件が厳しかった。

相手の意思により、三分間ミムラに触れること。その後、三分以内に奪いたいスキルを使わせること。

スキルを使わせるときは、ミムラと相手が接触している必要はない。

明らかに面倒な条件だが、ミムラに言わせると「相手が自分に気を許す。そうすると魂が柔らかくなるんです。そしてスキルを使うとき、スキルは魂の表面に浮かんでくるので、そのときに奪うイメージですね」と、お手のものらしい。

相手が男の場合は、ミムラが相手を誘惑することで条件を満たし、相手が女の場合は怪我や毒などの状態異常にかかったフリをして看病してもらうなど、臨機応変に対応していた。

私が協力するようになってからは、部下を盗賊に変装させてターゲットを拉致し、ミムラと一緒の檻に監禁する方法をとった。

ターゲットとミムラが励まし合い、逃走する過程で条件を満たし、スキルを奪う。そしてスキルの元の持ち主は、盗賊に殺《口封じ》されるという算段だ。

冒険者ギルドを管理している私の部下がグルなのだから、これらの犯行がバレることはない。

ミムラが現れてから冒険者の死者や行方不明者の数が急増したため、いつしか彼女は『死神』と呼ばれるようになっていた。

このときミムラは、王都に現れた異世界人のただ一人の生き残り《容疑者》だったからだ。

そして、奪ったスキルと経験値でミムラはSランク冒険者になった。

『死神』と陰口を叩いても、直接ミムラを襲う冒険者は皆無だった。

ミムラが、これまでに奪ったスキルの一つに『完全偽装』がある。

これは最後に殺した相手に成り代わるというスキルだ。特異なのは姿、形だけではなく、記憶まで引き継げる点だ。

このスキルを手に入れたことで、私の計画は大きく進展した。

アーサーのスキル『不死身』の秘密をとうとう暴くことに成功したのだ！

ミムラに、アーサーやメアリーと親交の深いギブソンを殺させ、『完全偽装』で記憶を引き継いだことで判明した。

これにより計画の方針は決まった。

魔族と人族の間で戦争を起こす。きっかけは魔族の王女あたりを人族に殺させればよかった。

この戦争にアーサーとメアリーを参加させる。これは王国軍を参戦させればアーサーは必ず参加してくるので簡単だ。

そしてメアリーが自発的にミムラを三分間触る。これはミムラが『完全偽装』でギブソンに成り代わり、戦場で一緒に行動する局面を作ることでなんとかすることにした。そのためにも、アーサーとメアリーを引き離す必要がある。

私はこの局面を作り出すために停戦交渉の場を利用した。アーサーを停戦交渉の代表にしてメアリーと引き離す。その後、交渉中に襲撃を受けたメアリーをギブソン《ミムラ》が避難させる。

そしてミムラが『魔法の鞘の加護』を手に入れた後、アーサーもろともメルキド王国軍を殲滅し、防衛力がなくなったメルキド王都でクーデターを起こしてミムラを人族の王にする。

シラカミダンジョンの攻略は、最強無敵になったミムラに任せておけばいい。

私はこの計画をまとめて長老会へ提出した。

これまでのミムラの活躍は私の計画の裏づけにもなり、承認されることになった。

第10話 決着、そして

連合軍の作り出した青い光の壁に触れてしまった魔族の兵士は、黒い煙を上げながら倒れた。

それを見た後続の兵士達は慌てて足を止める。

後ろから押される形で先頭の兵士がズルズルと壁際に押しやられるが、ギリギリのところでなんとか止まることができた。

しかし安心する間は与えられなかった。連合軍が、壁の向こう側からざくろ石を弧を描くように投げつけてきたのだ。

壁の上を越えたざくろ石は、光の壁付近に集まった王国軍と魔族軍の頭上へと降り注いだ。

『マズい。ミア、バリアでカルラ達を守ってくれ』

俺は『ルーター』を使った高速移動で、アーサーのもとへと急ぐ。

今のアーサーは、メアリーのスキル『魔法の鞘の加護』がかかっていない。

不死身じゃない状態であの攻撃を受ければ、いくらアーサーでも無傷とはいかないはずだ。

いたるところで爆風や竜巻が吹き荒れ、あちこちで兵士達の叫び声が上がる。

俺は心の壁バリアを使ってなんとか乗り切ったが、周りでは甚大な被害が出ていた。

『アーサー、無事か？』

『……すまない。左足を負傷した。私のことはさておき、このまま次の攻撃を受けると立て直すのが難しくなる。何か手はあるかい？』

連合軍はこちらの状況をまったく気にすることなく、追撃用のざくろ石を準備し始める。

この機会に俺達を徹底的に叩くつもりだろう。

くそっ、圧倒的に優位だったのに、今では完全に追い詰められていた。

全身を血まみれにしながら戦い続けてきた屈強な戦士達でさえ、その顔には焦りと恐怖が浮かんでいた。

絶望に打ちひしがれそうになったとき、俺は上空から風を感じた。

顔を上げると、おぼろげに何かが見える。

まさか……。

「グァァァァァァァァァアアアアア！」

突如空から、地を揺るがすほどの咆哮が轟いた。

そこにいるすべての者が空を見つめ、驚愕と希望の表情が交錯する。

巨大な翼を広げたドラゴンが、威風堂々と飛来したのだ。

その鱗は赤黒く、炎のような瞳は、ある者には勇気を、またある者には絶望を与えるように輝いていた。

ドラゴンの巨大な体躯が戦場を大きく旋回して、連合軍が作った青い光の壁に沿うように滑空する。

胸から首筋にかけての鱗が透けるように赤く輝く。その直後に炎のブレスを吹き下ろした。

ドラゴンのブレスの炎はすさまじい熱を放ち、周囲の空気を歪ませる。

一瞬にして炎に包まれた地面は融解し、溶岩のような赤黒い液体になった。

地面に突き立てらた魔道具の杖は、逃げ遅れた連合軍の兵と共に溶岩に飲み込まれ、火を吹き上げながら溶けていく。

「リドォォォォォォ！　来てくれたのね！」

遠くでカルラが歓喜する声が聞こえた。

それに応えるように魔族軍から歓声が上がり、それはメルキド王国軍にも伝播した。


やっと来たか！　なんとか間に合ってくれた。

しかも、ここ一番のタイミングで来てくれて本当に助かった‼

リドは王都メルキドからカルラを救出して脱出するときに大怪我をしてしまい、俺達とは別行動で魔族領へ帰っていた。

そして俺達が地下洞窟のダンジョンでレベル上げしていた頃、リドは訓練施設のある村まで戻っていたのだ。

その連絡を受けたエンツォは、夜通しリドを治療していた。

エンツォからは、治療が済めば援軍として向かわせると聞いていたが、よくぞ間に合ってくれた。

『カルラ、リドはまだブレスを吐けそうか？　できるなら、もう一回お願いしたいんだけど』

『あれはかなり魔力を使うのよ。すぐにはできないわ』

さすがに、リドだけで殲滅するワケにはいかないか。

そうなるとあの巨体は恰好の的になるな。

『わかった。リドにはざくろ石の届かない距離から敵を威圧してほしい。攻撃はしなくていい。病み上がりだからな。あと、メアリーは無事なんだよな？』

『ええ、無事よ。クズハが妖術で治療してくれたわ。……ちょっとこの件については、後で話があるわ』

なぜだろう。カルラの顔は見えないけど、間違いなくジト目なのがわかる。

ミアとクズハも医療部隊として活躍しているようだ。

『ミア、クズハ。いろいろありがとう。みんなから感謝の声を聞いているよ。それで、クズハの尻尾の数は何本だ？』

『タクミもお疲れ様！　クーちゃんの尻尾の数は一本――。いや、三、え？　五本にするの？　それ盛りすぎじゃ……あっ、ごめん。ご、五本だよ』

『わかった。クズハにSP回復薬を飲ませておいて。残り全部使い切ってもいいから。助けられる人は可能な限り助けてあげてほしい』

『わかったわ。え、あ、ちょ、ちょっとクーちゃん。待ちなさい――』

どうしてだろう。見てなくても光景が目に浮かぶ。不味いSP回復薬を飲みたくないクズハの気持ちはわかるけど、もし薬を飲んでなかったらお仕置きだな。


リドのブレスで溶解した地表からは、不快なまでの熱気が漂っていた。

息苦しさを覚えるが、そのおかげで戦場での形勢は大きく動いた。

青い光の壁は消滅し、連合軍の兵士も三割ぐらい減ったように見える。

カルラとアーサーは敵が怯んだこの機を逃さず、反撃の指示を出していた。

『アーサー、怪我は大丈夫か？　今からそっちに向かう』

『すまない、助かるよ。ポーションで傷は塞いだんだけど、時間がなくて左足は折れたまま治療してしまったんだ』

『大丈夫だ。クズハなら治せる。ミアとクズハをそっちに向かわせるから、それまでは無理しないでくれ』

俺はアーサーとの念話を切ると、ミアにアーサーの状態を知らせて治療するようお願いした。

さてと、そうなると俺はアーサーの護衛に入るのがよさそうだな。

そういえば、ミムラはどこへ行った？　連合軍から一斉攻撃を受けたとき、完全に見失ってしまった。

俺は『ｐｉｎｇ』を使ってミムラを探すと、アーサーのいる方向から反応があった。

まさか……俺は慌てて『ルーター』を使ってミムラを追う。

アーサーの姿が見えた。しかし、おかしい。この先にはアーサーしかいないぞ？

だけど、『ｐｉｎｇ』によるミムラの反応はしっかりと感じる。

俺は反応を感知した空間に向かって、光刃《ライトセーバー》を振り抜いた。

……手応えがあった。

「ふふふっ。あははは。すごいですよ、タクミさん。これ認識阻害じゃなくて、本当に透明になるスキルなんですよ。どうやって私を見つけたんですか？」

背中に大きな焦げ跡をつけたミムラの姿が突如現れた。

鎧や服にできた裂け目は焦げているが、皮膚はみるみるうちに回復して傷跡も消えてしまった。

「さっきのバリアにも驚きましたが、私のいる場所が正確にわかっていましたよね？　私はラッキーです。ラノベやゲームって、強敵を倒すとレアアイテムやスキルが手に入るじゃないですか。今回ならアーサーさんやメアリーさんがそれにあたります。タクミさんは……」

ミムラは俺を見てニヤリと笑う。

「裏ボスってところでしょうか。……絶対に逃がさない。私が全部もらってあげますよ」

俺もゲームをやるから気持ちはわかるが、自分がそんな目で見られる日が来るとは考えたこともなかった。

こいつのスキルは相手のスキルを奪う、最凶最悪のスキルだ。

だけど、メアリーからスキルを奪う過程を俺に見せたのは失敗だったな。

おかげで少し勝ち筋が見えてきた。

スキルを奪うのに、何か条件があるはずだ。

おそらくスキルの持ち主本人の意思で、何かをやらせる必要がある。

そうじゃなければ、メアリーを攫って力尽くでスキルを奪えばいいからだ。

メアリーと一番時間を接していたのは、二人で馬に乗っていたとき。

そうなると、一定時間の間……『同じ乗り物に乗る』『直接接触する』『会話をする』そのあたりが条件になりそうか。

あいつは俺のスキルを奪う気満々だ。ということは、この場に乗り物はないので同じ乗り物に乗るという選択肢は消していいだろう。

その後、メアリーを刺した。殺さずにあえて生かしていた。

俺はそこに大きな違和感を覚えた。

そんなことをしたら、メアリーに不死身のスキルを使えと言っているようなものだ。

だから、『奪いたいスキルを相手に使わせる』。この条件でほぼ当たりだろう。

だから、これ以上はあいつとは会話はしない。

スキルも極力使わないで、チャンスが来るのを待つしかない。

俺もレベルを七一まで上げたんだ。なんとかしてやるさ。

ミムラが俺の方に向かって歩いてくる。
俺は、いつでも全方位にバリアを出せるようにしながら、ミムラのスキルを警戒する。
「何か警戒してますね。顔に書いてありますよ。奪われたくないって！」
ミムラはミスリル製の剣を抜き、斬りつけてきた。
けど無駄だ。光刃《ライトセーバー》なら剣を真っ二つに斬れる。
「うりゃぁぁ！」
ミムラではなく、ミスリルソードの刀身を狙う。武器破壊だ！
しかし、ミスリルソードは無傷だった。
「どうしたんですか？　驚かれているようですけど。今度は私からいきますよ」
ミムラは俺に斬りかかってきた。
なめるな！　俺もこれまで多くの実戦をこなしてきた。
スキルなしの戦いなら負けない。
緑と赤の光の残滓が目に焼きつく。
ただひたすらに斬り結ぶ。剣を交えるにつれて、ミムラの剣速が上がっていく。
俺も負けじと、どんどん速度を上げる。
ミムラ……俺とお前は同期だ。
だが、エンツォに鍛えられた俺のレベルには届くまい。
基本スペックの差でゴリ押ししてやる！

……おかしい。ミムラの剣速が徐々に俺を上回ってきている。

ちっ！　俺は後方へ大きく下がった。

「どうしましたかタクミさん？　顔色悪いですよ」

「お前……レベルいくつだ？」

「素直に言うわけないじゃないですか……ですけど、タクミさんのお願いなので答えてあげます。私のレベルは九〇です」

ミムラは勝ち誇ったようにニヤリと笑う。

まさか……。俺の脳裏に最悪のシナリオが浮かぶ。

「お前……奪えるのはスキルだけじゃない。経験値もか⁉」

「メアリーさんに聞いてみるといいですよ。もう、その機会はなさそうですけど」

ミムラが左手を上げると、頭上に大きな光の球が現れた。

そして光の球は、パリンと砕けるような音とともに強烈な光を放った。

眩しい……目くらましか！

だが『ｐｉｎｇ』を発動している俺には効かない。

まばゆい光で何も見えないが、正面からミムラの反応が迫る。突っ込んできたのだ。

光刃《ライトセーバー》で応戦しようとしたが、右足の甲に痛みが走る。

地面から生えるように突き出たミスリルソードが俺の右足を貫いていた。足から静かに剣が抜かれていく。

「驚いた？　そのバリアでもゼロ距離の攻撃は防げないみたいですね」

しまった。影だ。あの光の球は目くらましではなく、ミムラの影を俺に伸ばすためのものだったのか。

この場を離れようとしたが、それよりも早くミムラが距離を詰めてくる。

心の壁バリアでミムラを弾くも、ミムラの影が俺の左足を覆う。

左足のアキレス腱の辺りから血が噴き出した。

バランスを崩して倒れかけるが、なんとか右足で――――バシュッ。

くそっ！　今度は右足の腱を斬られた。

俺は両足に力が入らなくなり、崩れるように座り込む。

「タクミィィ！　貴様ぁぁ、絶対に許さん！」

アーサーの叫び声だ。アーサーの横にミアとクズハもいた。

治療は無事に終わったようだ。

『みんな、今すぐここから離れろ。頼むから離れてくれ』

「ふざけるなぁ！　今助けに行く！」

アーサーが叫ぶと、ミムラは座り込んだ俺のもとにやってきて、左腕を絡めるように俺の首を絞めた。

「アーサーさんは、もう少し待っていてください。あなたともちゃんと戦ってあげますから」
　グ、グハッ……こ、声が出せない。
『みんな急いでここから離れろ。お前達がいると戦えないんだ』

『ふざけるな。タクミを見捨てて逃げるなんて僕にはできん！』

　ミムラの腕に力が入る。息が……できない……。

　俺は左手でミムラの腕をつかみ、引き離そうとするがビクともしない。

　いや、少し呼吸ができるようになったのか？

　掴んでいる腕を放そうとすると、すぐにミムラの腕が首を絞める。

　この不自然な動き……間違いない！　こいつのスキルの発動条件は……相手の意思で……触らせることだ。

『早く行け！　このままだとチャンスを逃す。お前達は俺の仲間なんだろ？　俺を信じてくれ！』

　アーサーは、ミムラを睨みつけると、ミアとクズハを連れてカルラ達の方へと走っていく。

「あらあら、タクミさん見捨てられちゃったようですね。安心してください。ちゃんとタクミさんの恨みは、私が晴らしてあげますからね」

　それでいいんだ。あと少し遅かったら、本当にヤバかったぞ。

「ば……ば……」

「どうしました？　仕方ありませんね。少しだけ話しやすくしてあげます」

首を絞める力が少し緩んだ。

「ババア……殺せ」

「失礼ですね。私はまだそんな歳じゃないですよ。それにもらうモノをもらわないと、まだ殺せません」

「クックク。違うよ。こいつの言ったババアはワタシのことさね」

俺は右手首の高速収納ブレスレットから取り出した『魔刀断罪』に力を込める。

するとその瞬間、鞘が吹き飛び、刀身から黒い炎が噴き出した。

刀身から伸びた黒い炎は荒れ狂い、俺の意思で制御できないことだけはハッキリとわかった。

「……チッ」

危険を感じたミムラは慌てて逃げようとするが、俺は掴んでいるミムラの腕を離さない。

「は、離せェェ！」

「ババア、早くしろぉぉぉ！」

俺の声に反応したのか、黒い炎はさらなる勢いで急速に膨れ上がり、禍々しい輝きを放ちながらミムラへと迫る。

ミムラは必死の形相で、ミスリルソードで俺の左腕を切断しようとするが、黒い炎は瞬く間にミムラの身体を包んだ。

恐怖に歪んだ表情を浮かべたまま、悲鳴を上げることもできずにミムラは焼き尽くされていく。

戦場は一時の静寂に包まれた。

はぁ、はぁ、はぁ……。

俺は息を切らしながら、ミムラを掴んでいた左手を見ると、肘から先が炭と化していてボロボロと崩れ落ちる。

そして、俺は意識を失った――。

◇

……俺は死んだのか？

……ミムラはどうなった？

「クックック。何を寝ぼけてるんだい。まあ、ここはお前の夢の中みたいなもんだから、寝ぼけるのもしょうがないかい」

ん？　ロリババアの声がする。

まさか、ロリババアは俺まで一緒に焼き尽くしたのか？

「そうしてほしいのなら、目が覚めたらそうしてやるさ。いい加減シャキッとしな。シャキッとね。それにロリババアはおやめ。仮にも助けてやったんだ。敬意ってもんはないのかね」


周りを見渡すと、三六〇度真っ暗闇の空間だった。

俺自身の姿も見えない。

しかし着物姿の女の子だけはハッキリと見えていた。

そう『魔刀断罪』を持ったときに現れる、あの女の子だ。

まあいいか……夢の中って言うのなら、そのうち目が覚めるんだろう。

「ところで、なんで婆さんがここにいるんだ？」

「婆さん……ワタシを婆さんと呼ぶのはお前ぐらいだよ。まあいいよ。あの女を喰ったときに、お前の左腕も一緒に喰ってしまったからね。そのときに、お前の精神にも少し浸食してしまったのさ」

「ミムラは殺せたのか？」

「腕のことは怒らないようだね。文句言ったら残りもすべて喰ってやろうと思っていたのに残念だよ。あの女はちゃんと喰ったさ。跡形もなくね」

殺したかと聞いたのだが……喰った？

「お前、あの子――エンツォから何も聞いてないのかい？　ワタシは『瘴気』を吸収して『罪』を喰らう初代魔王が創ったアーティファクトさね。生き物を殺すために存在してるんじゃないんだよ。間違えないでおくれ」

『罪』を喰らう……俺はてっきり『魔刀断罪』って名前からして『罪』を斬るんだと思っ

ていた。

「ワタシが『罪』を消滅させるのは気づいてたのかい？」

「ああ、だからミムラが不死身でも殺せると思ったんだ。異世界人のスキルを無効化できるだろ？」

「クックック。エンツォに見込まれただけはあるね」

「ヒントはざくろ石だ。あの石は異世界人のスキルしか込められない。ざくろ石は『罪』が合わさると『魔石』になり、『罪』を溜め込む。だから、異世界人のスキルって『罪』と関係していると思ったのさ」

「…………」

「『罪』を消滅できるあんたなら、『罪』と関係している異世界人のスキルも消滅できる。そして、これを確信した理由は、あんたを初めて見たクズハが怯えたことだ。俺も本能的に怯えた。つまり『罪』を持つものにとって、あんたは天敵なんだ」

「クックククク。気に入ったよ。お前なら……期待するのも悪くないね」

何に期待するのかは知らないが、ミムラを殺せたのなら良しとしよう。

メアリーごめん。スキルと経験値は取り戻せなかったよ。

「それで……俺は婆さんに殺されるのか？」

「このままならそうなるね。ワタシの『業火』がお前の左腕を喰っちまった。『業火』の炎は、お前の心身を浸食していく。そして、いつかは魂と身体を喰われて消滅するのさ」

……マジか。

俺の精神に浸食しているとか言うから、嫌な予感はしてたんだよな。

「それで取引だ。ワタシの力で可能な限り浸食を遅らせることはできる。お前が寿命で死ぬまで遅らせれば、実質この問題はないようなもんさね」

「……俺は何をすればいい？」

「簡単なお使いさ。ワタシをシラカミダンジョンの最深部まで運んでおくれ」

シラカミダンジョンの最深部⁉

アーサーとメアリーでさえ六階までしか行けてないのにか。

「お前なら大丈夫さ。転送魔法陣とやらがあるんだろ？」

なぜ知ってるんだ。いろいろ気になるけど、断る選択肢なんて最初からない。

「……わかった。その取引を受けよう。だが、俺には先にやらないといけないことがある。それからでいいか？」

「ああ、いつでもいいよ。たとえ百年後でもいいぐらいさ。それじゃあ、駄賃の前払いでもしておくかね――」

駄賃？　え、あっ……なんだ？　なんか埋め込まれたような感覚が……。

「目が覚めたら確認してごらん。いいかい、大事なことだからしっかりお聞き。その力を使うと『業火』の浸食が進む。お前の寿命が縮むってことだ。だから、むやみやたらと使うんじゃないよ」

「わ、わかった。よくわからないけど、ありがとう。俺も約束を守れるよう努力するよ」

何もない真っ暗な空間の中、着物姿の女の子は微笑みながら消えていった。

そして、遠くから光が溢れ出してくる。

光が暗闇を塗りつぶしたとき、俺は目を覚ました。

第11話　禁忌の時代

「タクミ！　タクミ！　タクミが起きたぁぁぁ！」

目を開けると、ミアの顔があった。

ミアの目から涙がこぼれる。

俺はミアの頬を伝う涙を、無意識に左手で拭った。

……なっ、なんだコレ？

ミアも俺の左手を見て、目を見開き、ギョッとしている。

俺の左腕は、肘から先が炭のように真っ黒になっていた。

でも……腕はボロボロに崩れたはずでは？

「タクミ。腕が治ってる。クーちゃんの妖術でも治せなかったのに……色はちょっと黒いけど」

いや、ちょっと程度の黒さじゃないから。これは真っ黒って言うんだぞ。

もしかして婆さんの言っていたお駄賃って、コレのことなのか。

でも、そうだとすると常に『業火』の浸食が進んでしまうのでは？

俺は左手の動きを確認しながら、ステータス画面を開いた。

【名前】ナルミヤ　タクミ
【職業】ハッカー
【レベル】71
【HP】710／710
【SP】568／710
【スキルの素】接触、文字、変更、断罪（New）
【スキル】分析、改ざん、なりすまし、スキャン、ping、ルーター、業火（New）

……へ？

スキルの素に『断罪』、そしてスキルに『業火』が増えていた。

これがお駄賃ってことなのか？

俺はそれぞれのステータスの詳細を見た。
・スキルの素『断罪』、罪を断つ。
・スキル『業火』、黒炎を操る。黒炎はすべてのスキルを喰らう。
デメリットについては書かれていないんだな。

婆さんの話だと、この力を使うと俺は『業火』に浸食されていくらしい。簡単に言うと寿命が短くなる。

けど、使うかどうかは別として、この能力を使えるようになったのは大きい。

「ミア、心配してくれてありがとう。この左手も真っ黒だけど今まで通り使えるみたいだ。

見た目も、服や手袋で隠せば問題なさそうだ」

俺はミアに見せるように左手をグーパーしながら笑うと、ミアも安心して笑ってくれた。

そして俺が気を失ってからのことをミアに教えてもらった。

冒険者ギルドは、ミムラが『業火』に喰われた後も戦闘を続けていたが、王国軍に包囲されてアーサーから降伏勧告を受けると素直に応じたらしい。

冒険者ギルドの指揮官であるレゴラスという男は、連合軍の本部でボロボロの姿で監禁されていたそうだ。どうも仲間割れがあったみたいだ。

エルフ軍は現在も魔族軍と戦闘中。

王国軍も参戦しようとしたが、魔族軍に断られたらしい。

その代わり、逃げられないようにエルフ軍の退路を塞いでいるそうだ。

戦況については、魔族軍が圧倒的に優勢なので心配する必要はないとのこと。

「魔族軍に加勢は不要みたいだから、アーサー達のところにでも行こうか」

「みんな心配していると思うし、クーちゃんも置いてきちゃってるし。タクミが大丈夫そうなら行こう！」

待て待て、クズハが野放し!?　……下手をすると今回の戦争よりも死者が出るぞ。

俺達は急いでアーサーのところへ向かった。

◇

「みんな！　遅くなった。俺だけ休んでしまってすまない」

俺はアーサー、メアリー、クズハに会うと、軽く左手を振った。

クズハは、ものすごい勢いで俺に飛びつこうとしたが、慌てて踏みとどまった。

「旦那様の左手……嫌な気配がするでありんす」

やはりクズハにはわかるか。

俺は右手でクズハの頭を撫でると、クズハも嬉しそうに抱きついてきた。

懐かれると可愛いもんだ。まあ、油断はしないがな。

それにしても、なんだかうるさい。どうやら捕らえた冒険者の集団が騒いでるようだ。

「クズハ様から離れろぉぉぉぉぉ！」

「ぬぉぉぉ　俺のクズハ様が汚される」

「クズハ様のあの笑顔……可愛すぎる。マジ神。マジ天使！」

……ど、どうした？　何があった？

俺の不思議そうな顔を見て、アーサーが教えてくれる。

「タクミ。驚いたようだね。クズハがすごい人気なんだ。脱走や抵抗する者がいても、クズハのファンが取り押さえてくれる。本当に助かっているよ」

金髪に巫女姿の美少女。そしてケモミミに尻尾……。

確かにこれでウケないわけがない。

見ていると、すでにファンクラブみたいなものが結成されているようだが……。

うん。見なかったことにしよう。

「タクミさん、この度は本当にありがとうございました。お兄様の危ないところも助けていただいて、本当に私達兄妹の命の恩人ですわ」

メアリーは笑顔だった。どうやら怪我はちゃんと癒えたようだ。

スキルと経験値を取り戻せなかったことを謝罪すると、そんなことはまったく気にしないでと言われた。

その後もアーサー達と今回の戦争の件について話したが、『魔刀断罪』の『業火』に浸食されていることは伝えなかった。無駄な心配をかける必要もないだろう。

「――さてと、これからレゴラス殿のところへ行こうと思う。タクミ達も一緒にどうだい？」

ミアの話だとレゴラスは冒険者ギルド全体の最高責任者《グランドマスター》らしい。

「やめておくよ。尋問するんだろ？」

「いや、レゴラス殿はエルフ族だけど人格者だ。この戦争に参加した冒険者が少ないことに気づいたかい？　あれはレゴラス殿が王都以外の冒険者ギルドの参加を阻止したからなんだ。まあ、そのおかげでエルドールに目をつけられて、この戦争に連れてこられたんだけどね」

「あの腐った組織の総責任者が、まともなエルフだったなんて意外だな。それならもっと……あっ、ボロボロな姿で監禁されてるぐらいだから、最高責任者《グランドマスター》といっても実権はないに等しかったのか」

「エルフ族はハイエルフで組織される長老会が、ほぼすべての権力を握っているそうだ。冒険者ギルドの実権を握っているのもそこだろう。ちなみに彼が監禁されていたのは、僕のせいなんだ。昨晩、彼が僕にいろいろ忠告してくれたところを、ギブソンに扮したミムラに見られていてね。その後に捕まったらしい。彼曰く、それがなくても戦争に紛れて、エルドールに殺されていた可能性は高かったらしいけど」

「お兄様。せっかくなので、あの件もタクミさんに伝えておいたほうが良いと思いますよ」

あの件？　まだレゴラスについて何かあるのか。

「今回の戦争と三種族同盟の件で、メルキド王国は本格的に国内から膿を出すことにした。だけど、冒険者ギルドは各街や村にあるから、下手すると国内を二分する争いになってしまう。だから、レゴラス殿と手を組んで、冒険者ギルドを組織改革するつもりなのさ」

「レゴラスは良いとしても、冒険者ギルドのギルドマスター達は素直に言うことを聞くのか？」

「この世界には魔道具がある。人道的に外れたものでも、今の陛下なら使うだろうね。それが、流れる血が一番少ない方法なら……」

俺はそれ以上の話を聞くのをやめておいた。そのあたりの政治的な判断や戦争の後処理に、俺は関わりたくないので好きにやってほしい。

平和と趣味をこよなく愛する俺みたいなドワーフ族の大使には、荷が勝ちすぎる話だ。

アーサー達と別れてカルラと合流しようと思ったとき、向こうからカルラとゲイルが歩いてくるのが見えた。そして何か引きずっていた。

「アーサー。こっちは片付いたわ。退路を遮断してくれてありがとう。助かったわ。あっ、タクミ！　それにみんなもいたのね。ちょうど良かった。これが相手の指揮官よ。タクミに言われた通り、殺さないで捕まえてきたわ」

そう言って、引きずってきたエルフの女を俺達の前に放った。

女の全身は砂や埃で汚れており、いたるところにあざができていた。

「エルドール大使。こんな形でお会いするとは、悲しい限りです」

アーサーは冷たい表情で、女に言葉をかけた。

「くっ……生きていたのか。メアリーまで。ミムラのヤツ、本当に役に立たない。まあ、いいわよ。今までのことは水に流してあげるから、早く縄を解きなさい」

エルドールと呼ばれた女はヨロヨロと立ち上がった。

「今回の戦争を企てたのはレゴラスよ。私達エルフ族も騙されたの。けど、これまでの狼藉《ろうぜき》は許してあげるわ。あなた達も騙されていたのだからしょうがないわよね。それもここまでよ。もう戦争は終わったの。正気を取り戻して、この縄を外しなさい」

なんだろう。この傲慢な口調に懐かしさすら覚えるんだけど。

「ここまでくると正直感心するわ。タクミどうするの？　何か考えがあるんでしょ？」

エルドールの態度にカルラだけでなく、全員がドン引きしていた。

「ああ、連れてきてくれてありがとう。エンツォさんとも話がついているから後は俺に任せてくれ」

俺はエルドールと呼ばれる女と正対する。

「これからする質問に、正直に答えろ。そうすれば生かしてやる。断ればこの場で殺す。エルフは他にもいるからな。聞く相手には困らない」

カルラが何か言おうとしたが、俺はカルラの発言を手で制した。

「……本当に助けてくれるのよね？　私が知らないことを聞かれた場合はどうするの？」

「ああ。約束は守る。この場にいる誰にもお前を殺させない。知らないことは知らないと言えばいい。本当に知らないのなら殺しはしない」

エルドールは疑うような目で俺を睨んでから、「早く質問を始めなさい」と言った。

俺は高速収納ブレスレットから『魔刀断罪』を取り出すと、エルドールの右腕をほんの少し斬りつけた。

「ど、どういうことよ。約束と違うじゃない！」

「この黒炎はお前の嘘を見破る。俺は正直に答えろと言った。だから嘘を見破るためのアーティファクトを使っただけだ」

睨みつけてくるエルドールを無視して、俺は『魔刀断罪』を収納した。

（婆さん、あいつの精神に侵食してくれ。そして質問したときに、あいつの頭に浮かんだ真実を俺に教えてくれ）

（……まったく人使いが荒いよ。それになんて使い方をするんだい。はぁ……この先が思いやられるよ）

婆さんも協力してくれるようだ。これは俺が『業火』に浸食されたときに思いついたアイデアだ。

『魔刀断罪』の黒炎で相手を斬りつけ、婆さんに精神を浸食してもらう。そうすれば婆さんは相手の心を読み取れるので嘘を見破ることができる。

それでは、そろそろ質問タイムといきますか。

「最初の質問だ。世界樹はどこにある？」

「……エルフ族の王都ティターニアの近くにあるわ」

婆さんが何も言ってこないってことは真実だな。ドワーフ王であるゴンさんの話とも一致する。

「世界樹の葉をお前は持っているか？」

「……持っていないわ」

「世界樹の葉を手に入れるにはどうすればいい？」

「……お、お前……なんて恐ろしいことを……」

エルドールの顔は真っ青になり、怯えるようにガタガタと震え出した。

(世界樹は、エルフ族にとって神様なんだと。神様の部位を奪おうなんて、罰当たりすぎる……こんな感じさね)

「わかった。質問を変える。世界樹のところまで行きたい。どうすればたどり着ける?」

「……言えないわ。知らないのよ」

(嘘だね。エルフ領の地図はわかったよ。あんたも思い浮かべれば見られるようにしておいたからね)

婆さん、マジ優秀。

俺の世界樹に関する質問が一通り終わると、次はアーサー達が質問をした。

そして、今回の戦争の全容が明らかになった。

エルフの制御が効かないアーサーを殺し、ミムラにシラカミダンジョンを攻略させる。

またその過程で、メルキド王国で冒険者によるクーデターを起こし、ミムラを王に据える。

そんな計画だった。

エルドールの口から、ミムラによってギブソン将軍は殺害されたと聞かされたとき、アーサーは口を固く結んで顔を歪め、メアリーは堪えきれず泣き崩れてしまった。

また、ミムラにスキルを奪わせるため、冒険者ギルドが組織的に異世界人を生け贄にしていたという事実には全員が驚愕した。

俺とミアも一つ間違えば生け贄にされていたかもしれない。

——全員を見渡すと、もう質問したいことはなさそうだ。

「では約束通り縄を外す。ここから早く立ち去れ」

エルドールは俺が本当に逃がすとは思っていなかったようで、驚きのあまり固まっていた。

それから少しすると、ゆっくりと森の方へと歩いていった。

さてと、俺もこの刀を返しに行かないと。それにクズハを連れてこいって言ってたよな。

何かあったのか？　みんなに少し離れると伝えた俺は、転送魔法陣を使ってエンツォのもとへ向かった。

◇

ギギギギギッ……絶対に許さないわ。

とくにあのタクミって異世界人。あいつには自分から殺してくれと懇願するほどの苦しみを与えてやる。

異世界人にスキルを込めさせたざくろ石は、ティターニアにまだまだたくさんある。

人族と魔族は、枕を高くして寝られると思わないことね。

夜な夜な恐怖に怯える暮らしを送らせてあげるわ。

今はとにかくティターニアに戻らないと。

絶対に私をコケにした罰を与えてやる。

「――お前達一族は、いつになったら反省という言葉を覚えるのだ？」

「だ、誰⁉　どこにいる？」

木の陰から一人の男が現れた。瞳が赤い。魔族だ。

しかもこの男……ただ者じゃないわ。気持ちが悪いほど動きに無駄がない。

それにしては妙な恰好ね。右腕の部分だけ服が綺麗に切り取られ、そこを中心に身体中に血がこびりついていた。

「ま、魔族がなぜここにいるのかしら。私はあなた達のボスから正式に解放されたのよ。嘘だと思うなら、あの王女に確認しなさい」

「ああ。それは知っている。娘のカルラに確認するまでもない」

「娘……まさか、あなた魔王エンツォ⁉」

男はニヤリと笑った。

「ほほう、オレのことを知っていたか。そうビビるなよ。オレはお前に話があってきたのだ」

男はゆっくりと歩いて近寄ってくる。

私は無意識に一歩下がる。いや、下がってしまった。

この私が、あんなヤツに気圧されているというの⁉

「クックック。やめておけ。相手の実力もわからないほどマヌケなのか？　お前はオレの質問にただ答えればいい。簡単なことだ。それぐらいできるだろ？」

その後、ピキッと空気が割れるような、覇気とも殺気とも言えるようなモノが男から放たれた。

私の身体がガタガタと震え出す。

ま、まずいわ。こんな化け物が魔王だったなんて。

長老達は知っているの？　まさか、知っていて私を送り込んだわけじゃないわよね。

「今から二五〇年ぐらい前か？　お前達の一族が世界樹を使って世の中から『瘴気』を浄化させていた頃。まだ異世界人達がこの世界に現れる前の時代だ」

この男は急に何を言っているの？

「その頃、世界樹のおかげで世界中の『瘴気』がほとんどなくなった。だが、『瘴気』をエネルギーとする世界樹は、巨大に育った自身を維持できなくなり、次第に枯れていった」

こ、これはまさか禁忌の時代の話⁉

「や、やめて！　私にその話を聞かせないでぇぇぇぇぇぇ‼」

「……なぜだ。なぜ話を聞くことを拒む？」

「そ、その時代はエルフ族の中では『禁忌の時代』なのよ。長老以外が口にすると流罪《るざい》になる。そして、私はその時代のことを知らない。知りたくもない！」

流罪と聞いたとき、この男は嬉しそうに笑った。

な、なんなのよ。

ダメだ。震えが止まらない。

最悪だ。このままだとティターニアに戻っても罰せられてしまう。

男は顎に手をやりながら、ブツブツと独り言を繰り返している。

逃げるなら今しかない。

「無駄なことはやめておけ」

ヒィィィィィ。

どうしてよ！　どうして、考えていることがバレたの⁉

「オレの用件は済んだ。いや、正確には一つ残していたか……」

男は一歩、また一歩と私との距離を縮め出す。

ま、まずいわ。殺される。

「タ、タクミと約束したわ。私を殺さないって。あ、あんたも承諾したって、い、言ってたわよ！」

「それは正確じゃないな。タクミは『この場にいる誰にもお前を殺させない』と言ったんだろ？　そのときオレはゾフにいたからな。ちゃんと約束は守っているさ」

う、嘘よ。なんで私が……こんなところで………。

「クックク。タクミはいい仕事をする。あなたを経由して相手の頭に浮かぶイメージを見られるのは助かる」

エンツォは血塗られた一本の黒い刀を握りしめた。

(何を言っているんだい。はぁ、つまらないもの見せられるこっちの身にもなってごらん。いつまでも復讐ごっこしてないで、さっさと助けておやり！)

「ああ、エルフと二代目はオレが助けてやるさ。ゴミどもを駆逐しながらな」

第12話　半年後

連合軍と魔族の戦争から半年が経ち、俺とミアは魔族領のゾフにいた。

今日、このゾフからエルフ領にある世界樹へ向けて旅立とうとしていた。

この世界ではエルフ族に関する情報は秘匿されているが、エルドールの知識を盗み見たおかげで、世界樹のある場所はわかった。

ククトさんとマルルさん、待っていてくれ。もう少しで世界樹の葉が手に入りそうだ。

本当は、戦争の後すぐにでも世界樹の葉を取りに行きたかったが、ゴンさんやエンツォから協力要請があり、今の時期になってしまったのだ。

戦争の後、人族、ドワーフ族、魔族の間で軍事、経済、流通と、さまざまな分野で同盟が交わされた。

メルキド王はエルフ族が持っていたすべての特権を撤廃し、魔族に対して今回の件について直々に謝罪したのが大きかった。

その際、冒険者ギルドにも捜査が入り、これまで犯してきた数々の罪が明るみに出た。それにより、今回の戦争で暗躍していた王都冒険者ギルドのギルドマスターであるドミニクは処刑された。

そして『バーセリーのギルドマスター殺し事件』で指名手配されていた俺とミアも無罪となった。

今、人族ではドワーフ王国と魔族の魔道具技術を組み合わせた新しい魔道具が話題になっている。魔族の魔道具を、どの種族でも使えるように変換するアーティファクトをミアが作ったのだ。

これにより、新しい魔道具の需要が大きく伸びた。

そして俺とミアはこの半年の間、リドと一緒に世界中を飛び回った。

各地に転送魔法陣を設置するためだ。

最初は転送魔法陣をゴンヒルリムで作成し、各地に送っていた。

しかし、転送魔法陣の盗難が発生したため、設置した場所でしか使えないよう仕様を変えたのだ。それにより転送魔法陣を設置するたびに、ミアが現地へ行くことになってしまった。

転送魔法陣が世界各地に設置されたことで、ゴンヒルリムは大変なことになっている。

すべての転送は、必ずゴンヒルリムを経由することになり、ゴンヒルリムの入出管理棟は今では空港のような巨大施設になっていた。

現在工事中の区画もあるが、五〇パーセントは可動している状態だ。

棟梁達の指揮のもと、ドワーフ族は毎日忙しくフル稼働しているそうだ。

転送魔法陣を設置した施設には、ゴンヒルリムの通行証を持ったドワーフ族が配置されている。

ゴンヒルリムの通行証は、その転送魔法陣でしか機能せず、許可された人しか使えない盗難防止機能まで組み込まれていた。

俺達がゴンヒルリムを旅立った後、ドワーフ王の指示で入出管理棟の改築と並行して研究されていたそうだ。

まあ、あの王様ならここまでの未来予想図は描けるだろうからな。

人族、ドワーフ族、魔族の三種族は、新しい時代に向かって大きく動いていた。

そんな中、俺達が世界樹に行くのを止める声も多い。

とくにミアの存在は、今では女神のごとくこの世界に欠かせなくなってしまった。

そんな状況ではあるが、俺だけで世界樹に行ってくると提案したことはない。

それは俺達二人だけにしかわからないことかもしれないが、理屈ではないのだ。

ここまでずっと、あの二人を蘇生するために歩んできた。

それが、あともう少しでかなうところまで来ている。ここで誰かに代わりをお願いする気にはなれないのだ。

そして、エルフ族はというと不気味なほど大人しかった。

しかし懸念もある。エルドールの知識を覗いたとき、異世界人のスキルが込められた大量のざくろ石が、エルフ族の王都ティターニアに貯蔵されていることがわかったからだ。

これにはエンツォも気づいていて、やつらのテロを警戒していた。

だからこの平和なうちに、俺達少数だけで世界樹へ行くことにしたのだ。

大人しく葉っぱだけを拾って帰ってくる予定だ。

今回の旅は、リドも一緒に行ってくれる。

リドとはこの半年間、世界各地を飛び回ったので、今ではかなり仲良くなり、頼もしい相棒となっている。それに俺の言うことも、なんとなくわかるようになってくれた。

これを言うとカルラにヤキモチを焼かれ、「リドは私の親友なのよ。私よりも仲良くなったら許さないから」と文句を言われてしまった。

「さてと準備も終わったし、そろそろ行くよ」

「リド、二人を頼んだわよ。危なくなったら、タクミの言うことは無視して戻ってきなさい」

「タクミよ。本当に二人だけで大丈夫なのか？」

カルラとゲイルが心配してくれる。

「大丈夫だよ。戦争しに行くわけじゃないからな。それに俺達だけなら転送魔法陣で帰って来られる」

「旦那様、ミアっち。ワッチも行くでありんす！　置いていくなんて酷いでありんすよ」

クズハが泣きながらミアに抱きつく。

あの戦争の影響で、クズハは急激に成長したらしい。

成長したらしいというのは、見た目の変化は何もなかったからだ。だけどエンツォが言うには、あの戦場で大量に発生した瘴気を吸収したので、扱える魔力量が異常なぐらい増えているとのことだった。

「クーちゃん。私も連れていきたいけど。タクミが……」

おい、ミア。その言い方は誤解されるだろう。

「クズハ、察してあげなさい。たまには二人だけにしてあげないと。二人はパイオなんだから」

「……パイオ？　カルラ、前から気になっていたんだけど、パイオって何だ？」

「だ～か～ら～違うって言ってるでしょ！　タクミもそんなことより、クーちゃんを連れていくことに同意して！」

「は、はい⁉」

よくわからないが、ミアが顔を赤くしながら怒鳴ってきた。

「今、旦那様が『はい』って言ったでありんす！　ワッチも行けるでありんすね！」

えっ、いや俺は連れていくなんて一言も言ってないんだけど。

クズハはピョンピョンと飛び跳ねながら喜んでいた。

うっ……何この生暖かい空気。連れていかないって、すごく言いづらい。

「クズハ、わがまま言うな。お前が暴れたら世界樹が消滅するかもしれないだろ。タクミ達の努力が無駄になるのもあるが、世界が滅びるぞ」

エンツォがクズハを止めようとする。

「オジさんはうるさい。きもい。消えてほしいでありんす」

……痛い。痛すぎる。俺だったら立ち直れないぐらいの言葉の暴力！

いつもはクールなエンツォも、背中に哀愁《あいしゅう》が漂っていた。

クズハが腹黒いことは知っているけど、エンツォ以外にそんな言葉は使わないんだよな。

二人は仲が良いからってことなのか？

「ま、まあ、戦争のときもミアの言うことを聞いて、医療班として頑張っていたからな。ご褒美として、今回もちゃんと言うことを聞けるなら連れていってやる。もし好き勝手したら、どうなるかわかっているよな？」

クズハは怯えた目で、首をブンブンと縦に振る。

俺がエンツォに視線を送ると、渋々だが許可を出してくれた。

クズハは俺に抱きついて喜んだが、隠れてミアにVサインを送っているのは、見なかったことにする。

そんな雰囲気に包まれる中、エンツォが俺に近寄り、耳打ちをした。

「タクミ。流刑の地にいるエルフ族とは戦うな」

流刑の地？　エルフには島流しの刑でもあるのか？

「そして……お前に言うのは迷ったのだが、アリエル王女には気をつけろ」

アリエル王女？　一体誰のことだ？

何を言っているのか全然理解できない。

「地下洞窟のダンジョンで、エルフと会っているのだろ？」

え？　……まさか、エルのこと？　ということは、エルがエルフ族の王女？

けどおかしい。エルのことはエンツォには秘密にしていた。

どうして俺達が会ったことを知っているんだ。

「あの戦争が終わった日、オレの右腕を奪ったのは…………たぶん彼女だ」

それだけ言い残し、エンツォは離れていく。

◇

あの日、俺とクズハだけがエンツォに呼ばれたので魔王の屋敷に行ってみると、右腕の肘辺りから先を失い、血だらけのエンツォがいた。

クズハの妖術でなんとか腕を再生した後、エンツォは信じられないことを口にした。

「……賊に襲われて、右腕を奪われた」

はい？　言っている意味はわかるが、すぐには理解できなかった。

エンツォが言うには、状況からして賊の狙いは右腕の高速収納ブレスレットらしい。

少し冷静さを取り戻した俺は、改めて部屋の中を見渡してみると、壁にポッカリと綺麗な円形の穴が開いていることに気づく。

俺はこれと似た光景に見覚えがあったので、すぐに地下洞窟のダンジョンで同様の光景を見たことをエンツォに話した。しかし、そんな攻撃をする魔物に心当たりはないそうだ。

このことは、ここだけの秘密となった。戦勝に喜ぶカルラ達に水を差したくないと言っていたが、エンツォの表情は非常に深刻なものだった。

◇

エルが犯人？　いろいろ聞きたいことはあるが、あの様子からすると何も答えてくれないだろう。

まあ、今回は世界樹の葉を取りに行くだけなのでエルと会うこともないだろうし、戻ってから、きちんと教えてもらおう。

「よし！　ミア、クズハ行くよ。それじゃ、みんな行ってきます。何かあれば念話してくれ」

その声を合図に、リドの巨大な翼は優雅に羽ばたき、俺達を乗せてゆっくりと舞い上がる。振り返ると、みんなが笑顔で手を振っていた。

あとがき

ご無沙汰しております。作者のヒゲ抜き地蔵です。

この度は、本作品を手に取っていただき誠にありがとうございます。

今回の二巻では、前作に引き続き多くの修正と加筆を行いました。ＷＥＢ版『スキルの素を３つ選べって言うけど、早いもの勝ちで余りモノしか残っていませんでした』で書き直したかった内容を全て盛り込んでおります。

新キャラが登場したり、立ち位置が変わるキャラがいたりと、既にＷＥＢ版をお読みになった読者の方は、少し混乱するかもしれませんが、全くの別作品として楽しんでいただければ幸いです。

ちなみにネタバレになるので詳しくは触れませんが、私のお気に入りキャラはエンツォと斬座姉さんです。あの二人のやり取りを書いているときは、とくに筆が進みました……というか長くなりすぎたのでカットしたぐらいです。そして、そんな二人の関係に似ていくタクミとクズハもとても気に入っています。

ここからは謝辞を贈らせてください。

担当の橋本様、遠藤様、竹部様。イラストの山椒魚様。関係者の皆様方。刊行できるよう多大なる尽力を頂き、本当にありがとうございます。そして、ＷＥＢ版の頃から応援して下さった読者の皆様、心から感謝しております。

二〇二四年二月　ヒゲ抜き地蔵

モンスター文庫

1
超難関ダンジョンで10万年修行した結果、世界最強に
～最弱無能の下剋上～
力水
ill 瑠奈璃亜
【この世で一番の無能】カイ・ハイネマンは13歳でこのギフトを得た。しかし、ギフトの効果により、カイの身体能力は著しく低くなり、ギフト至上主義のラムールでは、蔑まれ、いじめられるようになる。カイは家から出ていくことになり、王都へ向かう途中襲われてしまい必死に逃げていると、ダンジョンに迷い込んでしまった――。そのダンジョンでは、『神々の試煉』をクリアしないと出ることができないようになっており、時間も進まないようになっていた。カイは死ぬような思いをしながら「神々の試煉」を10万年かけてクリアする。クリアする過程で個性的な強い仲間を得たりしながら、世界最強の存在になっていた――。かつて、無能と呼ばれた少年による爽快無双ファンタジー開幕！
モンスター文庫

発行・株式会社　双葉社

ノベルス

異世界《いせかい》で最強《さいきょう》のスキルを生《う》み出《だ》せたので、ひたすら無双《むそう》することにしました。～俺《おれ》だけがステータスを勝手《かつて》に操作《そうさ》～②

2024年4月1日　第1刷発行

著　者　ヒゲ抜《ぬ》き地蔵《じぞう》

発行者　島野浩二

発行所　株式会社双葉社

〒162-8540　東京都新宿区東五軒町3番28号

［電話］03-5261-4818（営業）　03-5261-4851（編集）

http://www.futabasha.co.jp/（双葉社の書籍・コミック・ムックが買えます）

印刷・製本所　三晃印刷株式会社

［電話］03-5261-4822（製作部）

ISBN 978-4-575-24724-4 C0093